나를 읽고 나를 쓰다

나를 읽고 나를 쓰다

초판 인쇄 | 2024. 6.15
초판 발행 | 2024. 6.15

지은이 | 강진옥, 박종숙, 백란희, 송혜정, 신미경, 장현순, 정윤
디자인 | 사라
발행인 | 변은혜
발행처 | 책마음

출판 등록 | 2023.01.04 (제 2023-1호)
주 소 | 원주시 서원대로 427, 203-1401
전 화 | 010-2368-5823
이메일 | book_maum@naver.com

값 16,800원
ISBN | 979-11-984851-8-2 (03810)

나를 읽고 나를 쓰다

강진옥
박종숙
백란희
송혜정
신미경
장현순
정윤

책마음

목차

2장 나의 소멸을 꿈꾸며

프롤로그

책이 홍수처럼 쏟아지고 있는, 읽는 사람보다 쓰는 사람이 많은 시대라고들 합니다. 나까지 책 쓰기에 동참하진 말자는 생각도 들었습니다. 굳이 책까지 써서 무슨 말을 하겠나 싶기도 했지요. 환경을 걱정하는 사람으로서 종이라도 아껴야 하지 않겠나 발을 빼보기도 했습니다. 그런데 이 기회에 나에 대해 한번 정리 해보고 싶은 마음의 편을 들어 주었습니다.

'나를 읽다 나를 쓰다'라는 주제를 들었을 때, 나에 대해 먼저 알고 나서야 그것을 쓴다고 생각했습니다. 그런데 글을 써나가면서 알게 되었어요. 쓰면서 내가 읽히기 시작한다는 것을요. 나도 모르던 내가 보이기 시작했고, 잊고 있던 내가 고개를 들고 올라오는 경험을 했습니다. 정리되지 않았던 모습이 가지런히 자리를 찾아가는 편안함도 느꼈습니다. 마음의 빚으로 남아있던 부분이 스스로 갚아지고 사라졌습니다. 다 쓰고 나서야 새롭게 만난 '나'에게 팔을 뻗어 포옹을 청했습니다. 꼭 안아 주었습니다.

쓰는 과정을 통해 자신을 길어 올린, 함께 참여한 글벗들의 이야기도 만났습니다. 수없이 돌아보았을 지난 삶과 울고 웃으며 보듬어 안았을 가슴 뛰는 품과 토가 나올 때까지 다듬었을 힘든 시간을 알기에 더욱 큰 애정으로 바라봅니다. 쓰기를 통해 자신을 만나는 과정이 어떠했을지 차 한잔 마시며 같이 나누고 싶습니다.

그리고 이런 소중한 기회를 기획하고 책을 엮어주신 변은혜 작가님께 특별한 감사를 전합니다. 글 쓸 공간을 펴놓고 더 많은 사람이 글쓰기의 즐거움과 효용을 알고 함께 하기를 바라며 공저 프로젝트를 이끌어 주셨습니다. 글쓰기는 자기발견이며, 사랑임을 경험하게 해 주셔서 더욱 고맙습니다.

흔들리기 쉬운 세상입니다. 이 책을 통해서 더욱 많은 이들이 '나'를 읽고, '나'를 써 가며, 단단해졌으면 좋겠습니다. 내 안에 채워진 충만함이 흘러, 세상을 좀 더 풍요롭게 했으면 좋겠습니다.

_정훈

10년 넘게 자란 엄나무를 보면 아프리카 평원에 홀로 서 있는 거대한 바오밥나무가 생각납니다. 잿빛 색깔을 하고 갈라진 거친 표면을 만지면 부스러질 듯한 가시가 화석 같다고도 생각했습니다. 어딘가 고고해 보이고 아득한 옛날 같은 기분을 주는 나무입니다. 그런 나무에 돋은 여리고 어린순은 어린 왕자를 생각나게도 하죠. 〈엄나무랑 바오밥나무랑〉 중에서

1장

당신이 잘 있다면
좋겠습니다

엄나무랑
바오밥나무랑

엄나무 가지 끝에 촛불 같은 순이 움트기 시작하며 며칠 내로 필 준비를 합니다. 활짝 피기까지 시간이 있을 거라 여유를 부렸다가는 낭패를 봅니다. 나란히 서 있는 나무도 볕을 받는 양만큼 아래위가 다르고 비 오고 해 뜨는 날에 따라 예고 없이 자라서 순이 억세지기 일쑤입니다. 키 큰 엄나무의 순을 마음처럼 따낼 수 없는 부모님을 대신해 남편과 부랴부랴 시간을 내서 친정집을 방문했습니다. 기다란 장대 끝에 가위 달린 도구를 이용해 가지를 툭툭 잘라냅니다.

10년 넘게 자란 엄나무를 보면 아프리카 평원에 홀로 서 있는 거대한 바오밥나무가 생각납니다. 잿빛 색깔을 하고 갈라진 거친 표면을 만지면 부스러질 듯한 가시가 화석 같다고 도 생각했습니다. 어딘가 고고해 보이고 아득한 옛날 같은 기 분을 주는 나무입니다. 그런 나무에 돋은 여리고 어린순은 어 린 왕자를 생각나게도 하죠. 어린 왕자의 행성에 뿌리 내린 바오밥나무도 엄나무 순처럼 처음엔 여리고 작았겠죠. 2000 년 또는 5000년도 산다는 세상에 큰 나무 중 하나인 바오밥 나무. 둘 다 화석 같습니다.

제때 따서 데쳐 먹는 엄나무 순의 맛을 안건 오래되지 않 았습니다. 15년쯤 되었을까. 강원도 평창 산촌에서 자란 작 은 형부는 모르는 나물이 없어 산을 휘젓고 다니며 각종 산나 물을 뜯어오기도 하고 처가 집주변과 밭 가에 해마다 나무를 심어 놓기도 했습니다. 작은 형부가 심어 놓은 엄나무가 어느 순간 쑥쑥 자라서 제법 탐스러운 순을 밀어 올렸을 때 우리 식구가 처음 맛본 엄나무 순은 참 오묘한 맛이었습니다.

두툼한 밑동에 달큰한 맛의 참두릅이 최고인 줄만 알았는 데 '개' 자가 붙어 개두릅이라고도 불리는 엄나무 순의 쌉싸 롬하고 부드러운 맛은 또 다른 별미였습니다. 진짜보다 못한 거, 진짜를 닮았으나 알아주지 않는 것에 '개' 자를 붙입니다. 하지만 엄나무는 한방 약재로 사용되거나 술을 담가 먹기도 하는 나무라고 하니 개복숭아, 개살구, 개망초, 개똥쑥처럼 못나고 낮잡아 부르는 말 같아도 사실은 모두 저마다의 고유

한 가치가 있습니다. 그래서 '개' 자의 진정한 모습이 요즘 개꿀, 개존맛, 개맛탱 같은 말들로 드러나는 모양입니다.

마당 앞 길가에 우뚝 서 있는 엄나무 외에도 마당 옆, 뒤란 옆 밭, 뒷밭 끝 등 오랍드리에는 밤나무, 은행나무, 대추나무, 자두나무, 사과나무, 고로쇠나무, 블루베리 나무가 있습니다. 예전부터 과일나무가 잘 살지 않는 곳이라고 했는데 수도 없이 심고 또 심었더니 나무들이 드디어 우리 집에도 결실을 내려줍니다.

10년이 넘지 않은 나무가 없고 25년이 넘은 나무도 없습니다. 25년과 10년 사이. 그 15년 동안 작은 형부는 부지런히 나무를 심었습니다. 남아있는 나무들처럼 작은 형부는 다정하고 찬찬하던 마음들을 사방에 심어 두었습니다. 밭고랑에 앉아서 고추 모 심던 모습, 눈 덮인 비얄 밭에서 눈썰매 타던 모습, 누워서 발등에 앉은 어린 아들을 들어 올리던 모습, 서해 바닷가 텐트 안에서 컵라면 먹던 모습, 희미해지는 기억을 붙잡는 생생한 모습들이 사진으로만 남아있습니다.

"이거 이거 다 선 서방이 심은 거 아니냐?"

쪼그려 앉아 순에 붙은 떡잎을 떼어내는 식구들 옆에서 아버지가 조용히 내놓은 말씀입니다. 아버지는 혹여라도 우리가 잊고 있을까 또는 잊히면 어쩌나 하는 염려가 있으셨을까요. 조카들이 어릴 때는 기회 있을 때마다 돌아가신 작은 형부 얘기를 꺼냈습니다. 아버지랑 어떤 일이 있었는지를 떠올리며 우리는 한바탕 웃고 즐거워하고 그를 기억했습니다. 우리들 삶에 얼마나 크게 각인되어 있는지를 즐거이 꺼내 보고 세상에 둘도 없을 고귀한 사람으로 살짝 각색도 하면서 마음껏 그 사람을 추억했습니다. 물론 자주 있는 일은 아닙니다. 특히 부모님 앞에서는 일부러 먼저 꺼내지는 않았던 듯합니다. 그러던 시간도 10여 년이 훌쩍 지났으니, 아버지는 파릇파릇한 나물을 보며 둘째 사위를 떠올리십니다.

작은 형부는 정말 특별합니다. 그를 아는 모든 사람은 그를 그리워할 수밖에 없을 겁니다. 세상 가장 따뜻한 사람이었습니다. 같이 있으면 포근하고 편안해서 어떤 긴장이나 경계도 필요 없는 이상한 사람이었습니다. 거기다 또 얼마나 능청스럽고 고급스러운 유머를 구사하시는지 커다랗던 입을 활짝 열고 웃던 모습이 진하게 떠오릅니다. 목소리도 잔잔해서 큰 소리를 낼 줄 모르는 사람 같았습니다. 그렇다고 허술하고 순하기만 한 사람이냐. 절대 아니지요. 누구보다 똑똑했습니다. 틀림없이 훌륭한 선생님이었을 테고 본가, 처가의 곤란한 송사들도 척척 해결해 내는 유능한 사람이었습니다. 사방에 나무들을 심어 놓고 자기가 떠난 후에도 그리워하게 만든 걸 보면 선견지명을 가진 사람임이 틀림없습니다.

그가 떠나던 모습은 절대 잊혀 지지 않습니다. 죽음 앞에서, 감당할 수 없는 질병과 불행 앞에서 그처럼 의연할 수 있다는 것은 절대, 절대 있을 수 없다고 생각했습니다. 하지만 그는 사람이 그럴 수도 있다는 걸 증명해 보였고 저에게는 크나큰 충격이자 또 다른 세상을 보게 했습니다. 말기 암 소식을 듣고 그가 가장 먼저 한 일은 명의를 변경하는 것이었습니다. 예금통장과 집, 차 명의를 바꾸고 그가 가진 모든 경제적 법적 권리를 아내에게로 넘기는 일을 했습니다. 당연한 것 같지만 그게 얼마나 중요한 일이었는지 요지경 같은 세상 속에서 종종 실감하게 됩니다.

그는 가족들 누구 앞에서도 울지 않았습니다. 분노하거나 억울해하지도 않았습니다. 고통으로 신음하지도 않았고 울분을 토하지도 않았습니다. 물론 내보이지 않았다고 혼자만의 괴로움을 삭이지 않았을 리는 없겠지요. 다만, 그의 표정을 보면 놀랍게 평온했습니다. 고통과 분노로 일그러지지 않은 눈빛은 평소 모습 그대로였기에 우리는 그 앞에서 어떤 내색도 할 수 없었습니다.

작은언니는 흰나비를 볼 때마다 남편의 기척을 느끼곤 합니다. 필요할 때마다 나타나 어딘가에서 그가 남긴 사람들을 돌보고 있다는 위로를 주곤 했습니다. 사실 여부를 떠나

그는 당연히 그럴만한 사람이라고 느끼게 했고 홀로 두 자식을 키우는 언니에게 때로는 원망으로 때로는 살아갈 힘으로 존재했습니다.

　그는 엄나무 껍질처럼 화석 같은 사람으로 남아있습니다. 초원에 홀로 서 있는 거대한 바오밥나무처럼 언제까지나 죽은 듯 살아있는 거대한 화석입니다. 그 사람으로 인해 나는 더 좋은 사람이 되고 싶어졌습니다. 작은 형부가 원하던 더 명랑한 처제가 되고 싶어졌고 언젠가 찾아올 질병과 불행 앞에서도 의연해지리라 마음먹었습니다. 죽음 뒤의 세상을 두려워하지 않으리라 다짐했습니다. 그 사람도 죽었고 부모님도 언젠가 죽을 테니 두려움 없이 죽음을 맞이할 수 있을 것 같았습니다.

　혼자인 작은언니의 등을 바라볼 때면 축복인지 불행인지 가끔 생각합니다. 하지만 친정집 주변에 씩씩하게 서 있는 나무들을 볼 때면 이것이야말로 사람의 생이 남길 수 있는 가장 큰 축복은 아닐까요.

강진옥의 글

사랑이 꽃피는
고추밭

작은 비닐하우스는 참 곤란합니다. 트랙터로 고랑을 켤 만큼 크다면 좀 더 수월하게 밭고랑을 만들 텐데 이도 저도 아닌 애매한 크기라서 결국 사람 힘으로 고랑을 만들고 비닐을 씌우는 수밖에 없습니다. 생전 처음 쟁기 끄는 소 노릇을 했습니다. 하지만 부모님 밭일을 돕는 건 아주 뿌듯한 일입니다. 한 해 한 해 체력이 떨어지는 두 분이지만 여전히 일터에서는 의견충돌과 잔소리, 큰 소리가 끊이지 않습니다. 평생을 함께 농사지었어도 생각이 다른 부분이 그렇게나 많다니 신기할 정도입니다.

머리가 어질하게 뜨거운 하우스 안에서 쟁기질과 괭이질

을 하는데 엄마는 몸도 입도 쉬지 않으십니다. 어릴 때부터 고추밭에서 고추 따기 일을 하던 우리 집 형제들은 밭에서 모든 가정교육과 잔소리와 부모님의 인생 얘기를 듣고 자랐습니다. 커서는 회사 얘기, 친구 얘기, 남편 자식 얘기도 고추밭과 감자밭 콩밭에서 비밀 빼고는 다 터놓고 했습니다.

어릴 때는 밭일이 너무 지겹고 힘들었지만, 고등학생쯤 되었을 때는 그래도 뿌듯했습니다. 용돈으로 회유하시는 전략에다 적재적소의 칭찬 멘트에 나도 모르게 고추 따는 일로 효능감을 얻고 콩 심는 일로 자존감이 높아져서 어느새 밭고랑에 서 있었습니다. 무엇보다 십 대 이십 대 자녀들과 그렇게 많은 대화를 나누는 부모와 자식 간이 있겠나 싶었습니다. 갈수록 대화가 줄어들고 각자의 일상으로 바빠서 오 분 십분 대화도 힘들어진 세상인데 짧게는 한두 시간, 길게는 대여섯 시간씩 온갖 이야기를 하는 사이라니요. 엄마는 고추밭에서 가정교육 절반이 이루어졌다고 종종 말하곤 합니다.

삼십 대 초반쯤 그런 생각을 했습니다. 엄마와 아빠의 인생을 제대로 아는 것이 없구나. 언제나 우리의 엄마, 아빠였을 뿐 그분들에게도 유년 시절이 있었고 젊은 청춘이 있었다는 생각을 못 했습니다. 엄마의 얘기 속에 간간이 등장하는 어린 시절은 '라떼는~' 이라는 잔소리로 들려 귀담아듣지 않았을 겁니다.

엄마 어렸을 때는 흔히 있는 일로 우리 엄마에게는 엄마가 둘이었습니다. 얼굴도 기억나지 않는 생모는 일찍 돌아가셨고 내가 아는 외할머니는 새엄마였습니다. 새엄마라는 사실을 언젠가 들었을 텐데 별로 감흥이 없었습니다. 그런가 보다 했죠. 어릴 때부터 외할머니를 가끔 뵈어왔으니 새엄마이든 아니든 별로 중요치는 않았습니다. 그런데 철이 들고 나도 엄마가 된 후에 알았습니다.

친엄마랑도 새엄마랑도 함께 살아본 적 없는 우리 엄마는 방황의 시간을 보내다 열여덟 살에 가출하고 스무 살에 아빠를 만났습니다. 행방불명된 딸을 수소문하시던 외할아버지는 엄마를 못 보고 돌아가셨고 외할머니를 다시 만난 것은 십여 년을 지나 첫딸인 큰언니의 손을 잡고서였습니다. 엄마가 자식들에게 가출했었다는 얘기를 진작 말하지 않은 건 숨기고 싶은 비밀이라서가 아니라 그런 사실이 있었는지도 잊을 만큼 먹고 사느라 바쁘셨기 때문입니다.

낳아 준 엄마 얼굴도 모른다고 말하는 엄마에게서 그리움이나 회한은 별로 보이지 않았습니다. 그보다 더 자주 하시는 말씀은 본인을 키워준 할머니, 할아버지 얘기입니다. 남동생은 새엄마 밑에서 자랐지만 둘을 키우기에 버거우셨는지 외할머니는 엄마를 친정 부모님 댁에 맡기셨습니다.

피를 나누지 않은 외손녀를 맡은 두 어르신의 얘기는 셀 수 없이 들었습니다. 부모 없는 설움을 느낄세라 누구보다 더 아껴 주신 그분들의 훌륭한 성품과 삶의 태도는 지금의 엄마를 있게 했다고 종종 말씀하셨습니다. 집에 들른 손님에게는 반드시 음식을 대접했고 매일 국수를 밀어 동네 사람들에게 내셨습니다. "○○집에 쌀 떨어졌다. 갔다가 주어라." 말씀하시며 어려운 사람들은 반드시 도우셨습니다. 공부하기 싫어서였는지 등교보다 앓기를 더 많이 한 엄마에게 "다 자기 밥그릇은 가지고 태어난다."라며 타박 한번 않으시고 아이 앞에서도 말 한마디 허투루 하지 않으셨습니다. 또 입 짧은 손녀의 머리맡에 늘 간식을 떨구지 않고 챙겨 두셨습니다. 면장하시던 할아버지는 기죽을까 봐 손녀가 손을 내밀면 큰돈을 용돈으로 덥석 주기도 하셨습니다.

양반댁이라는 것은 본래 이런 가풍과 마음 씀씀이를 가진 사람들이라고 알고 자라셨습니다. 집안일 하는 식모 언니들은 시집갈 나이가 되면 짝 지워 내보내는 것도 당연한 일이라 했습니다. 남녀의 일이 철저히 나뉘어 있어 여자들은 밭일은 물론이고 물긷고 장작 나르는 등 남자들이 하는 일에는 일절 관여치 않았다고 하는데 가난한 집안의 장남에게 시집온 엄마는 참 많은 것이 희한했다고 하셨습니다.

그러던 엄마가 칠순이 넘어서도 억척같이 밭일이랑 집안일을 해 내시며 자신은 인생을 잘 살았다고 감사한 일투성이라고 말씀하십니다. 엄마 말의 90%는 감사입니다. 밥도 안 먹던 약골이 농사일하면서 이만큼 건강해진 것, 학교도 나간 날보다 안 나간 날이 더 많아 배움도 짧은데 누구에게도 꿀리지 않는 자신만의 생각을 가진 것, 가난한 집에서 고생도 많았지만, 진 빚 없이 끼니 걱정하지 않는 지금의 여유, 서울대 나와서 잘나가는 이복동생들에게는 하나도 없는 손주가 엄마한테는 여섯이나 있는 것, 고집 세고 고지식 하지만 허우대 좋고 성실 한데다 86세가 되어서도 농사 일 하는 남편, 떡 하나라도 나눠 먹는 넉넉한 마음을 가진 이웃들.

분명 엄마의 생이 꽃길만은 아니었을 겁니다. 지나간 일이라 현재의 상태에서 미화되고 각색되기도 했을 테지만 엄마는 과거를 한탄하거나 현재의 불만을 토로하신 적이 없습니다. 어떤 상황에서도 좋은 면을 발견하시고 감사함을 찾아냅니다.

여섯이나 되는 손자 손녀들이 사춘기를 지나고 성년이 되어가는 동안 비교하시거나 공부 잔소리를 하신 일이 없습니다. 제만큼 뭐라도 해 먹고 살면 된다고, 성격이 좋으면 좋다고, 골고루 잘 먹으면 잘 먹는다고, 할미 돕는 마음씨가 곱다고, 뭐라도 배우려는 노력이 기특하다는 장점을 찾아서 칭찬을 아끼지 않으십니다. 그 칭찬을 먹고 자란 내가 나를 사랑하는 것만큼 분명 아이들도 그럴 거라고 믿습니다.

젊은이들은 종종 노인들을 없는 사람 취급할 때가 있습니다. 꼰대라 하고 세대 차이 난다 하고, 고지식하거나 고리타분하거나 첨단시대에 뒤떨어지고 부양해야 할 사회적 부담으로 느끼기도 합니다. 국가에서 어르신 교통비를 부담하는 것에 눈을 흘기는 이들도 있습니다. 우리도 곧 늙을 거라는 사실은 모른척하고 싶죠. 나는 아프지 않고 영원히 살 것 같은 착각도 종종 합니다. 하지만 지금의 나는 절대 혼자 존재하지 않음을 생각합니다.

집안의 가풍을 이어서 양반다운 면목을 지켜간 사람들, 사람에게는 높고 낮음이 없고 귀천이 없음을 삶으로 보여준 사람들, 불행 속에서도 삶의 의지와 행복을 찾아서 내 것으로 만든 사람들, 그 사람들의 생각과 행동, 마음 씀 하나하나가 대를 이어 나에게로 전해져서 지금의 내가 있고 내 자식과 그 자식에게도 이어진다는 걸 잊지 않으려고 합니다.

앞세대가 없었다면 지금의 우리는 존재할 수 없었다는 사실을 하우스 밭고랑에서 땀 흘리다 말고 생각해 봅니다.

강진옥의 글

엄니와 화단

터덜터덜 마당을 들어서다 화들짝 놀랐습니다. 화단 구석에서 새빨갛고 샛노란 꽃송이를 쭉 빼고 있는 튤립 다섯 송이와 눈을 마주친 것입니다. 마음이 서걱서걱해집니다. 이런 일이 처음이 아니라는 생각에 착잡합니다. 초록 잎사귀가 삐죽이 돋던 것을 본 듯은 한데 언제 저렇게 한자도 넘게 쑥 올라왔으며, 꽃송이를 아침저녁으로 폈다 오므리기를 몇 번은 했을 텐데 이제야 눈치챈 것입니다. 수년 전에 주유하러 들른 주유소 화단에서 엄니(친정어머니는 엄마, 시어머니는 엄니라고 부릅니다.)가 얻어 다 심은 것입니다.

작고 소박하지만 아기자기하게 꽃을 피워내던 화단은 엄니에게 둘도 없는 존재였습니다. 엄니의 꽃사랑은 지극했습니다. 얼어 죽은 듯한 나무도 정성으로 살려내시고 꽃대가 올라올 때, 물을 줄 때, 분 갈이 해야 할 때를 정확히 아셨습니다. 분명 식물들과 마음을 트고 계신다고 생각했습니다. 패랭이, 채송화, 매발톱꽃, 할미꽃, 꽃잔디, 원추리, 나리꽃, 양귀비, 붓꽃, 소국처럼 소박하거나 여러 해 피는 꽃들을 좋아하셨습니다. 선인장과 난초들은 화분에 심어 겨울밤에 좁은 방절반을 내어주어 들어 앉히셨습니다. 빨간 꽃을 피우는 꽃나무들과 꽃잔디도 여러 화분에 심어 놓으셨습니다. 꽃 도둑은 도둑이 아니라고 길가에서 몰래 훔쳐 오기도 했지만, 친한 꽃장수가 주는 꽃은 팔고 남은 시든 꽃이라도 절대 그냥 받아오지 않으셨습니다.

엄니가 건강하실 때는 자주 얘기도 나누고 속 깊은 말들도 꺼내곤 했습니다. 엄니의 화단에 꽃대가 몇 개 올라왔는지 어떤 색 꽃이 피는지 마음 쓰며 관심을 기울였습니다. 꽃 보고 이쁘다고 하는 말이 '엄니도 이쁘세요.'라고 말하는 기분이었습니다. 이름이 뭔지, 얼마나 사는지, 언제 물을 주는지 말을 붙일 때면 엄니의 눈동자가 빛나고 들뜬 열정이 솟는 것을 볼 수 있었으니까요.

하지만 나는 아니었습니다. 화단은 엄니만의 공간이었고 나에게는 마음 둘 곳이 아니었습니다. 엄니와의 얘깃거리를 제공하는 소재일 뿐이었습니다. 꽃을 싫어하는 사람은 없지요. 당연히 나도 싫지 않습니다. 하지만 엄니의 화단은 견고하고 돈독한 둘만의 세상이었습니다. 시어머니와의 거리만큼 화단과도 거리를 두는 소심한 며느리였던 겁니다.

아프시고부터는 방에 들여놓는 화분의 수가 줄어갔습니다. 나는 엄니가 미쳐 못 뽑은 풀들을 대신 뽑지 못해 불편해했고, 꽃망울이 올라오는 것을 코앞에서도 알아채지 못하는 곰 같은 며느리라 자책도 했습니다. 이따금 풀을 뽑다 마주치는 지렁이는 정나미가 떨어지게 했습니다. 꽃과 나무를 그 자체로 오롯이 볼 수 없었고, 엄니와 나, 우리 둘의 관계를 통과해야만 보게 되는 꽃과 나무는 마냥 이쁘지 않았습니다.

그나마 한쪽 귀에 보청기를 끼우시고 겨우 대화했는데 그마저 수시로 빼놓으셔서 엄니와의 대화는 점점 줄어들었습니다. 마당에 있는 시간보다 방에 누워계시는 시간이 길어질수록 엄니의 화단과 화분에는 더더욱 시선이 가지 않았습니다. 나는 단지 꽃이 되었든 뭐가 되었든 엄니와 소통하고 대화하길 갈망했고 멀어진 소통만큼 엄니는 외로움이 쌓여 병이 되셨겠지요. 꽃들은 가만히 말이라도 들어주었을 텐데 며느리와 식구들은 옆에 있기를 힘겨워했으니까요.

불통이 얼마나 무서운 일인지 사무치게 겪었습니다. 엄니는 홀로 상상의 세계를 만들어 가셨고 현실에 발 딛고 있는 식구들과는 점점 멀어졌습니다. 외로움이 엄니를 죽게 했다고 깊이 숨어 있던 죄책감을 기어이 꺼내놓습니다.

　남에게 미운 말 한번 못하시는 분이었지만 칭찬의 말도 할 줄 모르셨습니다. 술 좋아하는 친지들에게 정성으로 술상을 봐주셨지만, 술 처먹는다고 나에게만 몰래 욕도 많이 하셨습니다. 세상 꽃들은 다 이뻐하시는 듯했지만 "이따구 꽃은 쓸모가 없어."라며 편애하기도 하셨습니다. 평생 마음을 표현하지 못하고 살아온 삶은 대화도, 말도 서툴게 만들었습니다. 말년에는 왜 나만 아프고 힘드냐며 서럽게 엉엉 우시다가도 통장을 어디다 숨겼냐며 앙칼지게 소리도 지르고 상처 되는 말을 아무렇지 않게 뱉을 만큼 감정 기복이 심하셨습니다. 파킨슨, 우울증, 고혈압 등등 머리로는 이해되는 엄니의 병들이 가슴에 상처를 냈고 오해와 체념만을 남겼습니다.

　사진 속 엄니의 젊음은 꽃보다 더 곱고 예뻐서 같은 사람이라고 믿어지지 않았습니다. 그 순수하고 선하던 얼굴이 오랜 지병에 지쳐가고 메말라 가는 동안 시든 꽃처럼 한잎 두잎 떨어져 내렸습니다. 너무 오래 걸렸습니다. 결국 시들 것을 알았지만 그 과정이 너무 지난하고 서글퍼서 엄니의 꽃 화단을 보는 것은 아직 쉽지 않습니다.

　주말 아침 일찍 일어난 남편이 튤립 주변에 잔풀을 뽑고 잔디 틈에서 질경이랑 망초도 뽑아냅니다. 산천에 꽃이 지천이라 흐뭇한 미소가 저절로 나오는 봄이면 무슨 소용일까요.

우리 집 마당에 피는 꽃은 관심도, 미소도, 둘만의 대화도 사라져 버린 것을요. 그냥 기다리려고 합니다. 꽃송이 보다, 초록 잎사귀보다 내가 먼저 달려가 올라오길 기다리고 알아채는 날이 언젠가는 오겠지요. 엄니와 어떤 마음들을 주고받았는지, 엄니가 있을 때나, 없을 때나 어김없이 꽃을 피우는 그 능청스러움 속에 위로와 평안함을 주던 힘이 꽃잎 어딘가에 숨어 있겠지요. 기다리면 만나게 되겠지요.

강진옥의 글

쫄지 말았어야
했는데

부모님이 30년을 일구신 농지를 옆 밭 주인이 갑자기 자기 땅이라고 뚝 잘라서 금을 그은 일이 있었습니다. 원래 가깝게 지내지 않았지만, 해괴한 일을 벌이기 시작해서 부모님의 고통이 말이 아니었습니다. 법이나 행정, 기술이 허술했던 옛날 규정을 끌어다 지금에 들이대면서 다툼이 이는 일이 시골에는 비일비재합니다. 그래도 남 일이라고만 여겼는데 이웃에서 직접 겪고 보니 세상이 믿을만하지 못했습니다. 가진 것이 없어도 식구들 굶기지 않고 정직하게 살아오신 것을 자랑으로 여기시는 부모님의 낙담이 가장 마음이 아팠습니다.

생전 처음 변호사도 사 보고, 사위가 직접 법원에 소장을 제기해서 해결했지만, 증거가 분명한 명백한 사실을 눈감고 우기는 파렴치한 행동에 가족이 모두 분개할 수밖에 없었습니다. 그러던 와중에 사단이 일어났습니다. 부모님보다 한참 젊은 그 남자가 당시 칠팔십 대 두 노인에게 폭력을 가한 것입니다. 맞닿아 있는 밭에서 하필 같은 날 일을 할 게 뭐랍니까. 몸의 고통보다 평생 겪어본 적 없는 모멸감에 심적 충격이 크셨을 겁니다. 연락 받고 응급실로 달려갔을 때 아버지는 분을 못 이겼습니다.

"그놈을 죽이고 나도 확 죽을 것이야. 내가 못 할 것 같애? 어디 노인네를 쳐. 인간 같지도 않은 놈이…."

말다툼 끝에 어머니를 밀어 다치게 한 그놈을 향해 이를 갈고 계셨습니다. 그때 나는 무서웠습니다. 두 분이 다치신 것이 너무 무서웠고 자식들보다 지척에 사는 힘센 젊은이가 또 해를 입힐지 무서웠고 이런 분노와 스트레스가 두 분을 병들게 할까 봐 무서웠습니다. 그래서 두고두고 후회하는 말을 해 버렸습니다.

"아부지가 참으세요. 저희를 봐서라도 참으세요."

"뭐?"

같이 화를 냈어야 했는데, 병원 귀퉁이에 서 있는 그놈 멱살을 잡았어야 했는데, 내가 아버지보다 더 분개하고 기막혀하며 길길이 뛰었어야 했는데, 경찰에 고소라도 해야 했는데.

그 사람은 덩치 큰 남동생이 인상 쓰고 몇 마디 했더니 꼬리를 내리고 입을 다물었습니다. 자기보다 강한 사람 앞에서는 약해지는 사람이었습니다. 우기면 자기 것이 되는 줄 아는 우매한 사람이었습니다. 그런데 나는 겁이 나서 아버지에게 상처 주는 말을 했습니다. 십수 년이 넘는 동안 계속 후회하고 있었는데 불행인지 다행인지 비슷한 일이 최근에 또 일어났습니다.

시골 땅이라는 게 수십 년이 지나면서 지적도와 현황이 달라진 곳이 태반입니다. 지역주민은 다 아는 사실이고 관할 관청에서도 서서히 교정 사업을 해나가는 중인데 도시에서 땅을 사서 오는 사람들은 이를 인정하지 않았습니다. 도로가 없는 맹지를 구입하고도 길을 내볼 심산으로 아버지 땅에 오래전에 길이 있었다며 또다시 아버지를 괴롭히는 사람이 나타난 것입니다. 이제는 나이도 많으시고 농사도 힘겨우신지라 돈보다, 땅뙈기보다 근심 걱정 없는 것이 더 중요하다며 원하는 것을 들어주기로 했습니다. 하지만 세상에는 참 이상

한 사람이 많아서 쉽게 얻을 일도 어려운 길로 가려는 사람이 있다는 것을 경험하게 되었습니다.

이번에는 같은 실수를 저지르지 말자고 다짐했습니다. 아버지보다 더 크게 목청을 높였고 억울하다 분개하며 그 사람을 용서하지 말자고 힘주어 말했습니다. 힘든 생각만으로도 몸이 아파지는 아버지를 대신해 그 마음을 읽어 드리려고 노력했습니다. 그 대가로 지난한 과정을 밟는 중이지만 아버지를 대신해 긴긴 싸움을 이어가는 것으로 지난 잘못을 만회하고자 합니다. 나는 짐을 던 기분이지만 아버지는 그 과정에서 불면증과 소화불량으로 고생하셨습니다. 아직도 소송이 진행 중이나 이제는 한결 편안해진 모습으로 받아들이고 계십니다.

평생을 일구어서 자식들 키우고 부모 봉양한 농토는 돈과 법으로만 따져지는 그렇고 그런 땅이 아니라고, 그것은 아버지의 삶을 부정하는 것이고, 평생의 애씀을 헛일로 만들고, 존재를 짓밟는 일이라 여기셨습니다. 그 마음을 노욕이라 여기면 안 되었습니다. 결과는 알 수 없지만 아버지가 그 과정에서 자식들에게 더 이상 실망하시지 않기를 바랐습니다. 늙은이의 생각을 노망이라 치부하고, 자식들의 면을 우선해 아버지 생각을 무시하지 않기로 했습니다. 십 년 전에는 무서워서, 어리석어서 아버지를 실망케 했지만 이젠 실망스러운 딸이 되는 것보다 더 무서운 건 없습니다.

앞으로도 쫄아서 결정을 내리는 경우가 또 있을 수 있겠지요. 하지만 진짜 무서운 게 뭔지 한 번 더 생각해 보고 너무 쫄지 말자고 다짐해 봅니다.

참, 아버지가 더 힘드셨던 이유 중 하나는 같이 작당한 그놈 아버지가 사돈이기 때문입니다. 그 집 사위인 작은아버지는 장인 편을 들었습니다. 장인 편을 들고 형을 버린 대가로 장인 땅을 얻어서 잘 먹고 잘살고 있습니다.

강진옥의 글

곰탱이가 여우로
거듭나기

제 장점 하나를 말해보려고 합니다. 저는 내숭 떠는 걸 싫어했습니다. 특히 남자 앞에서 약한 모습 보이는 걸 약간의 치욕이라고도 여겼습니다. 그리곤 내숭이 없는 사람임을 은근히 장점이자 자랑으로 여겼습니다. 하지만 이만큼 나이 먹고 보니 저는 정말 정말 곰탱이였습니다. 여우 같은 사람들이 얼마나 생존에 능숙한 사람들인지 실감하게 된 것입니다. 여자들끼리는 척하면 알아보는 내숭이 남자들에게는 자존감과 존재 이유가 되기도 한다는 걸 몰랐습니다. 최근에 시작한 두 가지의 '척'이 있습니다. 하나는 안 힘든 척, 센 척 또 하나는 힘든 척, 약한 척 하기입니다.

25년여 넘게 책상머리에서 일을 하고 보니 어깨와 허리 골반이 뭉치고 약해져서 일 년 반 전 급격한 근 손실과 체력 저하를 가져왔습니다. 몸을 움직이고 근력을 키워야 체력이 회복될 것 같아 휴직하고 부모님 농사일을 거들며 힘을 키워 보고자 했습니다. 하지만 직장 생활하며 주말에 간간이 거들 때와는 차원이 달랐습니다. 이틀 연속 빡센 농사일을 할 때는 너무도 버거워 하루 일하면 하루 뻗기 일쑤였습니다. 하지만 아무리 힘에 부쳐도 칠팔십 대 꼬부랑 노인네들 앞에서 절절 맬 수는 없는 일, 무엇보다 체력을 키우는 게 지상 과제였으니 전력을 다해야 하는 건 당연지사였습니다. 그래서 부모님 앞에서는 안 힘든 척. 센 척을 합니다. 이럴 때는 곰탱인지 여우인지 분간이 잘 안 됩니다.

남녀의 일을 따로 나누고, 약한 척하는 걸 싫어했던 예전의 나는 뭐든 내 손으로 하는 걸 좋아했습니다. 힘이 닿는 대로 무거운 것도 힘껏 들고, 높은 곳이 있으면 사다리를 이용하면 되고, 못질, 톱질도 여자라고 못 다룰 일이 아니었습니다. 내숭 떠는 여인네들을 이해할 수 없었습니다. 하지만 지금은 땅을 치고 싶을 만큼 후회하지 뭡니까.

갑자기 힘이 빠지고 나이를 먹어 버렸는데 남편은 내게 도움이 필요하다는 걸 알아채지 못했습니다. 이제 와서 이것 저것 도와달라고 말하려니 입이 떨어지지 않았습니다. 자존심도 상했지만 제가 이 정도도 못할 만큼 약골이 됐다는 사실도 괴로웠습니다. 힘껏 돌려도 생수병을 딸 수 없었을 때는 정말 충격이었습니다. 아, 곰탱이 같은 마누라보다 여우 같은 마누라가 백배 천배 생존에 유리하다는 것을 뼈저리게 느꼈습니다.

곰이 하루아침에 여우가 될 수는 없지만 난 요즘 꽤 최선을 다해 남편에게 힘든 척, 약한 척을 합니다. 백수 생활 16개월 동안 체력은 어느 정도 회복했지만, 남편에게만큼은 최대한 내숭을 이어가려 합니다. 차에 무거운 짐이 실려 있거나 장바구니를 들어야 할 때 남편이 먼저 들어 주기를 기다립니다. 세탁기를 돌려놓고 잊어버리고 있으면 남편이 가끔 건조기에 빨래를 옮겨놓기도 하는데 이렇게 되기까지 일 년 반이 걸렸습니다. 20년 넘게 안 하던 일을 이제야 조금씩 하는 걸 보니 감개무량하기가 그지없습니다.

곰 같은 마누라는 집안일에 무심한 남편을 원망만 했지 도와달라는 애교 섞인 말을 할 줄 몰랐습니다. 도와달라는 말을 하기 어려웠던 이유 중 하나는 '도와달라'는 그 말도 틀린 말이라는 생각 때문입니다. 왜 집안일이 도와야 하는 일인지, 같이 하는 것이 마땅하다는 생각에 그 말이 더 어려웠습니다. 하지만 지금은 달라졌습니다. '도와달라.', '도와줘서 고맙다.'고 말하며 당신이 필요한 사람임을 인식시키는 노련함이 저에게 더 유리할 수도 있음을 알게 된 것입니다. 아니, 유불리를 떠나서 제가 얼마나 자기중심적이었는지 깨달았습니다.

내 생각이 틀림없고 옳기 때문에 나와 다른 그 사람을 비난하고 원망하는 마음이 자꾸만 자라서 두 사람의 관계에 벽을 만들었습니다. 그 사람도 처음이라 어찌해야 할 바를 몰랐을 텐데 저는 도와 달라는 말에 자존심을 거는 한심한 사람이었습니다. 도움을 받기보다 누군가를 돕는 것에 더 뿌듯함을 느끼는 사람이라고 저를 규정했습니다. 부모님을 거들고 형제들에게 도움을 주는 것으로 인정받으려 했습니다. 조언과 충고를 하거나 때로는 몸으로 도우면서 저라는 사람의 가치를 타인의 인정에 지나치게 의존했습니다. 그런 생각의 바탕에는 제가 옳다는 확신이 굳게 똬리를 틀고 앉은 것입니다.

비욘 나티코 린데블라드의 《내가 틀릴 수도 있습니다》라는 책에서 이런 옛이야기를 읽었습니다.

곰돌이 푸가 말했습니다. "토끼는 참 영리해." "맞아, 토끼는 참 영리해." 피글렛이 맞장구를 쳤습니다. "게다가 토끼는 머리가 똑똑해." 푸가 칭찬을 계속했습니다. "맞아, 토끼는 머리가 좋아." 피글렛이 다시 맞장구를 쳤습니다. 둘 사이에 한참 침묵이 이어지더니 푸가 다시 입을 열었습니다. "그래서 토끼는 아무것도 이해하지 못하나 봐."

　토끼만큼 똑똑하거나 영리하지도 못하면서 내 생각이 틀릴 수도 있다는 사실을 모른 채 내뱉은 말들이 남들은 얼마나 답답하고 부담스러웠을까요. 태국 숲속 사원의 스님인 저자 비욘은 내려놓기를 얘기해 줍니다. 확신에 사로잡혀서 하는 행동은 그 시야가 아주 좁다고 합니다. 내려놓을 수 있을 때 얻는 것은 끝이 없다고도 했습니다. 내려놓기라는 거창한 것은 잘 몰라도 내가 틀릴 수도 있다는 생각은 꼭 잡고 가야겠습니다.

　일단은 세고 안 힘든 척을 하며 일꾼으로 거듭나기, 약하고 힘든 척을 하며 여우 같은 마누라로 거듭나기, 두 가지 전략은 밀고 나가겠습니다. 종종 내가 틀릴 수도 있다는 솔직함 속에 평화가 있겠으나 때로는 '척'을 가장해 숨어보는 것에도 평화가 있다는 확신을, 아니, 아니 확신은 아니고 모두가 행복한 생존전략일 수 있다고 말해 봅니다. 토끼나 여우처럼 일단 영리해져 봐야겠습니다.

강진옥의 글

공간

자신만의 공간 만들기

어릴 적 내가 좋아했던 공간은 집 앞마당이었다. 마당에는 평상이 있고 주위에는 고운 빛깔의 백일홍 나무들이 꽃을 피우고 있었다. 엄마와 함께 평상에 누워 밤하늘에 펼쳐진 매혹적인 별들을 바라보며 내기하듯 별의 이름을 지으며 놀았다. 별자리를 찾다 보면 북두칠성도 보이고 별이 떨어지는 모습도 종종 보게 된다. 그것뿐이겠는가! 마당에서 놀았던 기억들이 셀 수 없이 많다. 엄마가 만들어준 시원한 수박화채와 엄마표 수제 빵은 다 큰 어른이 되어버린 지금도 그때를 기억하면 입맛을 다시게 된다. 마당에서 자연을 벗 삼아 놀 수 있는 거리들이 많았다. 비 오는 날이면 처마에서 비 떨어지는 모습을 보았고, 겨울이 오면 눈사람을 만들고 고드름을 떼서 친구들과 누가 더 긴지 내기하며 놀았다.

엄마가 돌아가신 후 긴긴 세월 잊혔던 집 앞마당이, 글을 쓰다 보니 더욱 사무치게 그리워진다. 친구들과 고무줄놀이, 비석 놀이하며 어린 시절 뛰놀던 나의 추억이 남아 있는 곳. 함께 놀던 그 친구들은 지금 어떤 모습으로 살아가고 있을까? 그 공간이 있었기에 지금의 나는 행복한 추억을 가진 사람이 되었다. 이제 엄마와의 추억이 담긴 그 공간을 내 마음속에 잘 간직해 놓았다. 나이와 시기에 따라 사랑하는 공간은 형태를 달리하며 변해간다. 스쳐간 공간들은 내게 적절했고 나를 성장시켰으며 때론 쉬게 했다.

지금 내가 사랑하는 공간은 내 방에 마련된 소박한 서재다. 빈 곳으로 놓으면 훨씬 깔끔했을 방의 풍경이지만, 그동안 책을 놓고 쓸 번번한 공간이 없어 식탁을 전전하다 탁자를 놓고 노트북과 읽을 책들을 정리해 놓으니 나름 멋진 서재가 되었다. 다만 책을 놓을 공간이 부족해서 늘 정리가 필요하지만, 어질러진 상태를 그냥 받아들이기로 했다. 내 책상에 앉아서 방문을 열면 남편과 딸의 동선이 한눈에 들어온다. 가족들이 내가 글 쓰는 모습을 볼 수 있는 곳이기도 하다. 나만의 이 공간은 내 삶을 당당하게 만들어 주었다. 이제 "난 책 읽고 글 쓰는 사람으로 살아갈 거야"라는 내 의지와 정체성을 보여주는 장소가 되었다. 이곳에서 오늘도 꿈을 꾼다. 작가라는 이름으로 살아갈 모습을 기대해 본다.

남편이 문을 살짝 열고 말하길, "좀 쉬지. 그렇게 글 쓰는 게 좋아. 피곤하지 않아?"

"괜찮아."라고 내가 말했더니, 남편이 내 얼굴을 보며 미소 짓는다.

"당신 글 쓰는 것 응원할게. 요즘 많이들 당신처럼 글 쓴대."

내가 머무는 공간이 나를 말해주듯, 내가 좋아하는 공간은 나를 표현한다. 도서관과 서점에 가는 것을 좋아하고, 책을 보면 읽고 싶어지고, 읽으면서 행복해한다. 아직 읽지 못한 책을 보면 한숨도 나오지만, 많은 책을 읽으려고 애쓰기보다는 좋은 책을 여러 번 정독하며 읽는 방법을 선택한다.

글을 쓸 때, 가장 집중이 잘 되는 곳은 내 방 서재이다. 카페에서 글 쓰면 잘 써진다고 하는 이들도 있지만, 아직 글의 방향이 준비되기 전에는 나만의 공간을 더 선호한다. 글을 쓰다가 따뜻한 차 한 잔에 행복을 느끼고, 글이 완성되었을 때 희열감을 느끼며 즐거워한다. 글이 더 이상 써지지 않아

절망감이 느껴지면 의자에서 일어나 묵묵히 집안일을 한다. 주부로서 해야 할 일이 끝나면 다시 컴퓨터를 연다. 진한 커피를 타서 한 모금 살짝 마신 뒤 탁자에 놓인 책들을 뒤적이며 잠시 숨 고르기를 한다. 시간은 흐르고 다시 글을 써보지만, 슬슬 졸음이 밀려온다. 이 공간의 아늑함 속에서 내게 질문한다. 오늘 하루 소유보다 존재했는지 평범한 일상에서 어떤 경험을 했는지, 그 경험치가 내 손끝을 통해 어떻게 쓰이길 바라는지 말이다.

도서관 여행

친구에게서 연락이 왔다.
"오늘 점심 약속 있니?"

마침, 오늘 점심을 어떻게 할지 고민 중이었는데 흔쾌히 약속을 잡았다. 직장 구내식당 메뉴가 괜찮아 친구와 식사를 한 뒤 카페에서 차를 마셨다. 친구는 올해 6월 오랜 직장 일을 마치고 1년간 직장 공로연수에 들어간다. 그래서인지 친구는 부쩍 감정의 변화를 겪고 있다. 친구는 서울에 집이 있어 세종시까지 출퇴근을 해왔다. 이제 일을 떠나 자신만의 시간을 가진다는 의미에서 즐거운 일이지만 떠날 때가 되니 그 마음이 그리 쉽지 않은 것 같다. 친구는 같은 방 직원과 주로 식사를 해 왔는데, 요즘 그 직원이 자기를 왕따 시키는 것 같다며 화가 나 있었다. 밥 먹으러 가는데 치사하게 자기만 쏙 빼고 가더란다. 친구의 상황을 충분히 이해하기에 그녀의 힘든 마음을 위로해 주었다.

사람들은 표현하지 않을 뿐 자신의 외로움을 사람들과의 관계에서 찾으려 한다. 남자와 여자의 특성을 보면 남자는 목표 지향적이지만 여자는 관계지향적이다. 그래서인지 여자들은 사람들과의 관계에 예민한 편이다. 요즘 나도 누군가 점심 약속 잡기가 불편해서 혼밥을 선호한다. 특별히 약속이 없을 때는 구내식당에서 간단히 식사한 뒤 혼자 산책하거나 책을 읽는다. 나름 혼자 쉬는 그 시간이 편하다. 그러나 친구는 나와 입장이 다르다. 오랫동안 같은 공간에서 둘이 근무해 왔고, 같이 식사를 해왔으니 당연히 배신감이 들었을 것이다.

직장과 이별을 준비하고 있는 나도 그녀와 별반 다르지 않다. 사람들과 관계에서 나도 감정의 변화를 겪고 있다. 다행히 뒤늦게 찾은 독서와 글쓰기가 내게 평화를 준다. 할 일이 있는 사람은 늘 당당하다. 읽어야 할 책, 읽고 싶은 책이 많은 사람, 책 모임을 통해 세상과 소통하고 싶은 사람, 글 쓰는 사람으로 살아가고 싶은 사람은 이미 마음 부자이다. 꿈을 가졌기에, 나이가 들수록 누추해지는 것이 아니라 좀 더 좋은 사람이 될 수 있을 거라고, '너 잘하고 있어'라고 나에게 속삭인다.

직장 근처에 '세종국립도서관'이 있다. 그래서 간단하게 구내식당에서 점심을 먹고 산책하듯 도서관으로 향한다. 책 내음이 가득한 그곳, 친구를 만나러 가듯 나의 발걸음은 가볍다. 길가에 핀 꽃도 정겹다. 저기 파란 하늘에 두둥실 배 띄운 도서관 호가 출항한다. 저 배 타고 바닷바람의 감촉을 느끼며 여유롭게 책 읽는 내 모습을 상상하니 벌써 행복해진다. 도서관에 들어서면 책 내음이 내 코끝에 느껴진다. 나를 둘러싼 책을 둘러보다가 어느새 책장에 꽂힌 책의 제목을 하나씩 따라가고 있다. 많은 책에 잠시 어지러워진다. 그럼에도 안도감이 드는 것은 도서관에 가만히 앉아 있으면 세계의 모든 지식이 나에게 흘러들 것 같아서이다.

오늘은 어떤 책을 읽을까? 작가는 어디로 나를 데려다줄까! 믿음이 실재가 되기까지 꿈꾸며 살아온 삶. 정신없는 세상 속에서 좀 늦어도 괜찮다고 말해주는 사람들. 따스한 마음 한가득, 그리고 지속할 인내만 있다면 꿈은 이루어진다. 현상을 보지 않고 믿음으로 살면 꿈은 현실이 될 것이다. 달콤한 시간을 보내고 다시 사무실로 향한다. 한 시간의 휴식이 내게 다시 일할 힘을 준다. 이제 일을 시작하자. 책이 내게 가르쳐 준 지혜를 생각하며, 독서하는 즐거움을 선사한 이 공간에 감사한다.

박종숙의 글

그리움

엄마와 딸이 받은 바다의 선물

누군가 카톡 방에 바닷가 영상을 올려놓았다. 다른 날 같으면 그냥 스쳐가겠지만 오늘은 영상을 열어 파도 소리와 출렁이는 파도를 넋 놓고 보았다. 어릴 때 바다는 내게 고향이었다. 그러나 30대가 되면서 나는 바다보다는 산이 좋아졌다. 바다의 포근함과 무한함보다는 내가 정복해야 할 산, 그 위에 올랐을 때 느끼는 희열은 바다와는 확연히 달랐다. 그때 내가 느꼈을 바다는 쓸쓸함이었다.

그런데 다시 바다가 내 시야에 들어왔다. 탁 트인 바다가 주는 자유, 생명력이 나를 쉬게 해 준다. 다시 바다를 찾았던 것은 마음의 병이 나면서부터다. 열심히 사는 것 같은데 이상하게 가슴이 답답하고 불안해졌다. 모든 것을 다 잘하고 싶다보니 어느새 과부하에 걸렸다. 할만하니까 했을 것이고, 하기로 선택한 이상 난 이 일을 잘 마치고 싶었다.

나의 고향은 강릉이다. 태어난 곳은 그 당시 경찰 공무원이었던 아버지의 근무지에 따라 횡성에서 태어나긴 했지만, 강릉은 부모님의 고향이자 나의 고향이 되었다. 강릉의 드넓은 바다를 보면 마음이 편안했다. 바다가 주는 경이로움뿐만아니라 어머니와 보냈던 추억이 있는 곳이라 더욱 그랬다.

정말 바다를 좋아했다. 갑작스럽게 어머니가 돌아가셨고 서울에 살면서 바다와 멀어졌다. 그래도 아버지가 살아계실 때 주말에는 강릉에 내려갔었다. 이제 두 분은 파란 하늘나라로 가셨다. 그리고 난 도시에 있는 사람과 결혼했다. 남편은 내가 보냈던 바다의 시간을 잘 모른다. 그저 도시 사람으로 생계를 위해 열심히 달리던 남편은 건강이 안 좋아지면서 쉬고 있다. 그래서인지 남편은 거실에 앉아 TV를 시청하는 일이 많아졌다. 바다가 그리웠으나 남편의 건강 핑계로 갈 엄두를 내지 못했다.

딸이 직접 바다를 본 것은 중3 때 친구들과 제주도에 갔을 때였다. 그곳에서 딸은 아름다운 바다의 출렁임을 보며 감동과 편안함을 느꼈다고 했다. 딸은 그때의 감정을 내게 사진과 함께 보내주었다. 그 글을 읽다가 딸의 마음이 느껴져서 그때 심경을 적어보았다.

출렁이는 파도, 반짝이는 모래사장을 달려 바닷물에 발을 담갔다. 밀려오는 파도에 쫓고 쫓기듯 어린애처럼 즐거워했다. 아버지 자전거의 뒷좌석에 앉아 아침 바다를 보러 갔던 그 눈부신 날. 어머니와 걸었던 바닷가 모래사장, 바다는 내게 어머니 품속 같았다. 어른이 되어 서울로 왔고, 어느새 나는 바다를 잊고 지냈다. 이제 부모님은 이 세상에 안 계신다. 내가 잊고 산만큼 딸은 중학생이 되도록 바다를 보지 못했다. 그러다 딸은 학교 친구들과 처음 바다를 보러 갔다. 드넓은 바다를 바라보며 딸은 엄마를 생각했다고 한다. 그리고 내게 문자를 보내왔다. "엄마! 지금 바다에 왔어. 사랑해." 촉촉한 딸의 글에 눈물이 났다. 바다는 우리 모녀를 안아주었다. '나도 사랑해.'

도시 사람으로 사는 동안 내가 쉼을 얻었던 곳은 산이었다. 드넓은 바다와 다르게 산은 열심히 올라가면 정복할 수 있었고, 바다 내음이 주는 비릿함보다는 푸르른 자연이 주는 시원한 솔향 냄새가 좋았다. 그렇게 멀어져 있던 바다를 다시 그리워하게 된 것은 바다가 가르쳐 주었던 너그러움에 대한 기억 때문이다. 바다는 어머니의 품과 같았으니까.

"일상의 반복과 노력이 오히려 나를 불안하게 만들었을까!" 분명 성장하고 있었고 뭔가 손에 잡히는 듯하기도 했다. 그러다 질식할 것처럼 짓눌린 불안의 깊이를 나 자신조차 이해할 수가 없었다. 돌파구가 필요했다. 그러다 지인이 올린 바다를 보게 되었다. 얼마 전부터 바다를 보고 싶었지만 내 몸은 도시를 떠나지 못했다. 훌쩍 떠날 용기조차 없는 내 모습이 안쓰러워 화가 났다. 누군가 보내준 바다를 담은 사진과 동영상을 해(海) 멍하듯 바라보았더니 다행히 막혔던 가슴이 탁 트였다. 바다가 주는 자유로움이 내 안에 갇혀 징징거리고 있는 나를 끌어내어 다양한 관계의 속박에서 벗어나게 했다. 나를 자유롭게 하는 것도 나를 속박하는 것도 '나'였다. 바다는 우리의 시선을 저 너머에 둘 수 있도록 인생의 지혜를 가르쳐 주었다.

우리는 가진 것이 너무 많아 놓을 수가 없다. 항상 무언가를 바라고 갖지 못할까 봐 두려워한다. 오랫동안 나를 가까이서 본 친구는 내게 조언했다. "너의 애씀이 어쩌면 낮은 자존감으로 누군가의 인정을 받고 싶어서인 것 같아." 어렵게 꺼낸 말이라는 것을 알기에 친구의 진심에 '고맙다'라고 말했다.

얼마 전 친한 친구가 환갑 기념으로 강릉 바닷가에 다녀온 이야기를 해줬다. 호텔 방에서 물끄러미 바다를 보고 있었는데 파도가 출렁거리면서 밀려오는데, 마치 그녀의 마음을 포근히 감싸주는 것 같았단다. 바다가 그녀에게 "너 정말 잘 살아왔어"라고 말하는 것 같아 지난날의 모든 아픔과 시름들이 해소되었다고 했다. 그녀의 들뜬 목소리에서 작은 전율과 행복함이 전달되었다. 그래서일까! 오늘따라 바다가 너무 보고 싶다. 무한한 바다에 잠시 나를 던져 보고 싶다. 바다는 그 누구의 것도 아닌 자유가 넘치는 곳이 아니던가!

강아지 사랑

어릴 때 집에서 강아지를 키웠다. 어머니에게 강아지를 키우고 싶다고 말씀드렸더니, 어느 날 태어난 지 얼마 안 되는 너무 귀여운 강아지를 안고 오셨다. 눈이 초롱초롱하고 똘똘하게 생긴 어린 강아지였다. 거실 한 곳에 강아지가 머물 공간을 마련해 놓긴 했지만, 점점 내 방에서 나와 함께 하는 시간이 많아졌다. 강아지 이름은 '영미'라고 지었다. 영리하고 똑똑하게 자라기를 바랐다. 학교에 가서도 '영미'가 보고 싶어 간식으로 받은 빵을 먹지 않고 가져와서 '영미'에게 먹였다. 지금은 사료를 주로 먹인다고 하는데 그때는 집에서 먹는

음식이나 남은 것들을 줄 때였다.

'영미'는 우리의 사랑만큼 한 번도 아프지 않고 무럭무럭 자라주었다. 영미와 춤을 추었던 그때를 생각하면 절로 미소가 나온다. 라디오에서 음악이 나왔고, 영미의 앞다리를 붙잡고 내 몸을 낮춘 채로 음악에 맞춰 춤을 추었다. 쑥스러운 듯 어색한 표정으로 '영미'는 나와 함께 신나게 춤을 췄다. 아마 내가 행복해하는 모습에 '영미'는 자못 흐뭇했을지도 모른다. 그러다 '영미'가 임신을 했다. 그때는 시골이라서 그런지 풀어놓고 키울 때였는데, 동네를 돌아다니다가 눈이 맞은 짝이 있었나 보다. 그 후로 동네에서 '영미'의 짝을 본 적은 없지만, 영미의 배가 점점 불러왔다. 무거워진 몸 때문에 힘들어하는 모습이 역력했다. 출산할 시기가 다가올 무렵에는 무척 예민해진 영미의 모습을 볼 수 있었다. 엄청나게 끙끙거리니, 어머니가 내 방 모퉁이에 천을 깔고 우리 얼굴이 보이지 않도록 커튼으로 가려주었다. 어머니가 자리를 만들어주자, 자신의 자리인 줄 알았는지 '영미'는 얼른 그 자리로 들어가면서 고마운 듯 꼬리를 흔들었다. 시간이 흘러가고 있었다. 어머니와 나는 긴장한 듯 숨죽이고 '영미'의 상태에 귀를 기울였다.

갑자기 작지만 '펑'하는 소리가 들렸다. 궁금해서 커튼을 젖히고 싶었지만, 엄마는 나를 말렸다. 자식을 낳은 어미는 아무리 주인이라도 불안해할 수 있으니 조금 안정될 때까지 기다려주자고 했다. 시간이 흘렀고, 어머니는 '영미'가 먹을 음식을 준비해 왔다. 커튼을 쳤을 때 '영미' 젖을 빨고 있는 다섯 마리의 강아지가 보였다. 그 모습이 너무 신기해서 '영미'가 너무 위대해 보였다. 내가 갓 태어난 강아지를 만지려고 했더니, 영미가 약간 성을 냈다.

어머니는 '영미'에게 "새끼 낳느라 고생했다. 밥 많이 먹어야지. 그래야 젖이 잘 나오는 거야."라고 하시며 머리를 쓰다듬어 주었다. 조그만 영미 몸에 다섯 마리의 강아지가 있었다는 것이 어찌나 신기한지 영미 몸이 회복되었을 때 그녀를 꼭 안아주었다. 이런 행복한 시간도 오래가지는 못했다. 어린 시절 내 인생의 모든 것이었던 강아지였지만, 수년이 지난 후 갑작스러운 사고로 강아지를 다 떠나보내야 했다. 지금도 그때를 생각하면 마음이 울컥해진다. 그때 이후로 난 강아지를 키울 수가 없었다. 이제 더 이상 이별을 겪고 싶지 않았다.

오랜 세월이 지난 뒤 우연히 나에게 다가온 한 마리 강아지가 있다. 그 당시 나는 빨간 마티즈를 몰고 다녔다. 어느 날 아파트 주차장에서 차 문을 열고 있는데, 내 차 뒤편에 작은 강아지 한 마리가 보였다. 털이 북슬북슬한 귀여운 강아지였는데, 바깥에서 오래 머물렀는지 상태가 아주 지저분해 보였다. 약속 시간도 임박했고, 혹시 강아지가 다칠까 봐 다른 데로 가라고 손짓했다. 그리고 난 서둘러 그곳을 떠났다.

그 후로도 내차 뒤편에 자리 잡은 그 강아지를 여러 번 만났다. 이제는 나를 보면 꼬리를 흔들며 반가워했다. "전에 키우던 사람이 빨간색 차량을 몰고 다닌 걸까?" "주차장에 있는 많은 차 중에서 왜 내 차 뒤에서 머무는 거지!" 그러나 그때 나는 유산과 두 번의 수술로 몸이 좋지 않았고, 남편과 시댁은 애완견을 키우는 것을 극구 반대했다. 바깥에서 돌아다니는 강아지였고, 난 직장을 계속 다녀야 하는 상황이라 강아지를 키울 수가 없었다.

강아지에게 마음이 쓰였지만, 가능한 마음을 주지 않으려 했다. 그런데 하루는 차를 주차장에 세우고 엘리베이터를 타려고 서있는데 내 뒤에 그 강아지가 와 있었다. 그 상황이 당황스러웠고, 나는 그 강아지가 타지 못하도록 엘리베이터로 도망치듯 들어갔다. 그다음 날 내가 머무는 6층 엘리베이터 앞에 서서 기다리는데, 문이 열렸다. 그런데 그 안에 그 강아지가 있는 것이다. 나를 보더니 반가워하면서 나에게 다가왔다.

"내가 내리는 층을 어떻게 알고 올라온 것일까?"

끝까지 그 강아지를 품을 수 없었던 나는 그 상황에서도 강아지를 받아들였을 때 올 파장을 생각했다. 내가 키우지 못해도 강아지에게 다가가 말해주고 쓰다듬어 줄 수 있었는데 냉정하게 돌아섰다. 그다음 날, 출근하려고 주차장에 내려갔더니 역시 강아지가 내 차 뒤편에 있었다. 잠시 고민했지만 나는 모른 척하며 차를 타고 출발했다. 백미러로 보니 그 강아지가 짖으며 내 차를 따라 달려왔다. 갑자기 울음이 복받쳤다. 그 강아지에게 너무 미안했다. 그 이후로 그 강아지를 찾아보았지만, 다시 보지 못했다.

오랜 시간이 지나도 그 강아지가 생각났다. "다른 사람을 찾아 떠난 걸까? 내가 그 강아지를 받아들였다면 어떻게 되었을까? 혹시 바깥을 떠돌아다니다 죽었으면 어떡하지!." 많은 생각들로 한동안 마음이 힘들었다. '그렇게 냉정하게 강아지를 피할 이유는 없었는데….'라는 자책감이 들었다. 그리웠지만, "아마 나보다 더 좋은 사람을 만났을 거야."라고 나를 위로해 본다.

어릴 때 내게 사랑을 주었던 강아지를 추모한다. 또한 나를 찾아와 주었던 이름 모를 강아지를 기억한다. 늘 그리움과 미안함이 교차하고 있다. 벚꽃은 날리고, 그 화사한 아름다움이 곧 저버릴 것 같아 두렵지만 벚꽃 연가에 담아 그들을 그려본다.

박종숙의 글

은퇴 입문

아날로그 인생이 디지털 인생으로 전환

4년쯤 됐을까? 기계치였던 나는 코로나 이후 디지털 공부를 시작했다. 그 당시 독서와 글쓰기를 배우고 싶어 온라인 강의를 찾고 있던 중 'MK 유튜브대학'을 알게 되어 입학했다. 먼저 과제 제출을 하려면 SNS 사용부터 배워야 했다. 대부분 나의 직장동료들은 SNS 사용을 할 줄 몰랐다.

처음 인스타그램을 온라인 강의로 배웠는데, 따라 하기가 쉽지 않았다. 그 당시 영상편집을 잘하는 초등 6학년이었던 딸에게 도와달라고 말했지만, 오히려 핀잔만 들었다. 배우고자 하는 엄마가 기특해서라도 친절하게 가르쳐 주면 좋으

련만 사춘기에 들어선 딸은 짜증만 부릴 뿐 엄마를 도와주지 않았다. 나중에는 딸의 무심한 태도에 마음이 상해서 '다시는 너한테 안 물어볼 거야.'라고 버럭 소리를 지르고 딸 방을 나와버렸다.

딸에게 인정받는 엄마가 되고 싶었다. 과한 욕심이었을까! 더 이상 우울함에 빠져있을 수만은 없었다. 공부하다 보면 또 다른 방법이 있으리라 믿었다. 난 직장인이고 엑셀, 파워포인트 등 전산 교육을 다년간 받았고 자격증까지 소지하고 있다. 그럼에도 내게 디지털 세계는 늘 두렵기만 했다.

처음부터 나를 디지털 모드로 다시 리셋해야만 했다. 블로그와 인스타그램을 활용하는 법, 카드 뉴스 작성 등 새롭게 배웠다. 잘 안 되는 부분은 함께 공부하는 채팅방에 질문하면 도움을 받을 수 있었다. 조금씩 알아가면서 자신감이 생기니 내가 배운 것으로 다른 이를 돕고 싶었다.

"직장인인 나조차도 어려운데 노인분들은 얼마나 힘드실까!"

먼저 교회에서 뵙는 어르신에게 줌(ZOOM) 활용을 알려드렸더니 덕분에 비대면 모임을 할 수 있게 되었다고 자랑하셨다. 카톡에 다양한 기능이 있다는 것을 모르는 분도 많았다. 어떤 분에게 카톡으로 선물 보내기를 알려드렸더니, 손녀에게 카톡 선물을 보냈다며 뿌듯해하셨다.

이렇게 누군가를 도와주면서 나 자신도 성장했다. 그렇지만 스마트폰 기종도 다르고, 예기치 않은 스마트폰 먹통이 생기면 막막했다. 그래서 '디지털 튜터' 자격증 공부를 시작했다. 자격증을 취득하면 좀 더 당당하게 알려드릴 수 있을 것 같아 공부했고, 결국 '디지털 튜터' 자격증 1급까지 취득했다. 나는 스마트폰 사용에 점점 자신감이 생겼다. 어느새 고1이 된 딸은 엄마의 성장을 지켜보면서 가장 좋은 응원군이 되었다. 가끔 딸에게 짓궂게 질문을 던지곤 한다.

"그때 우리 딸이 엄마 부탁에도 모른척해서 아주 속상했어. 왜 그랬니?"

"그냥…. 사실 나도 잘 모르는데 엄마가 자꾸 물으니까 짜증 났어. 미안."

코로나라는 복병이 없었다면 디지털 공부에 나는 열심을 냈을까! 물론 배달 앱이나 키오스크, 인터넷뱅킹 사용 등 나 같은 기계치에게 공부가 필요한 영역이다. 공부하듯 반복하지 않으면 겁나서 사용조차 못 하는 나 같은 부류 말이다.

여전히 많은 노인이 스마트폰 쓰는 것을 어려워하지만, 젊은이 못지않게 자유자재로 활용하는 '스마트 노인'들도 적지 않다. 수시로 스마트폰을 열어 온라인 쇼핑을 하고, 동영상 편집 및 식당에서 삼성 페이로 간편 결제도 한다. '스마트노인'들을 살펴보면 스마트폰을 겁내지 않고 가지고 논다.

이런 분들의 특징은 친절한 자녀가 옆에 있었다. '배워보라'라고 적극 권유하고 귀찮아하지 않고 몇 번이고 잘 알려주는 자녀들이다. 그러나 이런 자녀가 없다면, 디지털 교육 프로그램을 잘 활용하면 된다. 다만 정부가 디지털 능력이 상대적으로 낮은 노인들을 위해 디지털 흐름에서 소외되지 않도록 지속적인 관심과 속도 조절이 필요하다.

디지털 모드로 전환하다 보니 나의 일상에도 많은 변화가 생겼다. 독서는 주로 종이책을 선호하지만, 전자책과 오디오북 사용도 늘었다. 블로그와 브런치에도 지속적으로 글을 올린다. 노션을 활용하여 독서 목록과 일정을 기록하고 있다. 책을 읽다가 메모하고 싶으면 옆에 적기도 하지만 구글킵이나 에버노트를 활용하면 편하다. 간혹 책을 읽다가 중요한 부분을 스캔하고 싶으면 Vflat를 사용하면 바로 텍스트로 저장할 수 있다.

최근 들어 은행에 가본 지 오래되었다. 인터넷뱅킹을 이용하면 저축 이율도 높으니 웬만하면 스마트폰으로 해결한다. 이제 작가도 SNS상에서 개인 팔로우 수가 많은 사람이 유리하다. 출판사도 그런 작가의 글을 더 선호한다. 이제 작가는 계속 독자와 소통을 시도해야 한다. 자신의 팬덤이 형성되어 있어야 한다. 앞으로는 디지털 기술을 활용하는 자와 하지 않은 자의 격차는 점점 멀어질 것 같다.

아리스토텔레스는 "교육은 최상의 노후 대비책이다"라고 했다. 배우고자 하는 마음만 있으면 시작이 반이다. 여전히 배움에 느릴지라도 결국 시간 차이일 뿐 누구나 잘 적응해 갈 수 있다. 당신의 삶을 응원한다.

지속 가능한 몸매 만들기

한 해를 시작하면서 꾸준히 해야 할 목록으로 글쓰기와 운동을 넣었다. 걸음이 빠른 편이긴 하지만 운동만은 예외였다. 코로나 발생 전 1년 동안 직장에서 운 좋게 필라테스와 PT를 했었다. 그때 저질 체력과 고질병이던 허리 아픈 곳이 아주 좋아졌다. 코로나로 3년을 쉬다가 다시 운동을 시작해서 지금까지 꾸준히 하고 있다. 이번에는 필라테스와 요가를 하고 있다. 처음에는 다시 몸 상태를 끌어올리려니 힘들었지만, 여전히 운동을 지속하고 있다.

책 읽기와 글을 쓴다는 건 시작부터 끝까지 모든 걸 혼자 해야 하는 일이다. 그래서 좋지만, 때론 외롭기도 하다. 다람쥐 쳇바퀴 돌 듯 회사와 집을 오가는 삶 속에 지쳐가는 육체를 깨워주는 운동을 시작하면 다른 세상이 열린다. 운동 반에 오면 처음부터 끝까지 함께해 주려는 사람들이 있다. 내 몸이 내 맘대로 움직여지지 않을 때 잘할 수 있도록 밀도 높은 응원을 보내주는 곳이다. 잘하기를 어찌나 바라는지 채근하고, 칭찬하고, 구박하고 할 수 있는 것은 다 한다. 그 결과, 나는 점점 잘하게 된다.

느리게 성장하는 내 몸을 보고 그들은 안타까워했지만, 나의 성취와 실패의 순간에도 함께 했다. 내가 좀 더 좋아지면 "아주 좋아진 것 같아요", "역시 꾸준함이 답이야"라고 과분한 칭찬으로 용기를 준다. 내가 요가와 필라테스를 계속하려는 가장 큰 이유는, 지난 1년간 운동 후의 내 모습에 매우 만족스러웠기 때문이다. 더는 체력이 없다는 이유로 하고 싶은 걸 포기하지 않아도 되고, 피로에 지쳐 침대로 도망치거나 졸지 않아도 되고, 놀러 나가기 전에 오늘은 얼마나 힘들지 걱정하지 않아도 되었다. 무엇보다 내 몸을 나이 듦의 관점이 아닌 매력적인 관점에서 바라보게 됐다.

직장에서 의자에 오래 앉아 근무하는 날은 허리가 너무 아팠다. 이럴 때는 어김없이 소화 기능도 좋지 않아 전체적으로 몸 상태가 불편했다. 한동안 침 치료를 계속 받았는데 그때만 좋아질 뿐이었다. 그러다 직장 내 필라테스 선생님이 내 자세를 보고 교정해 주셨다. "걸을 때 배에 힘을 주면서 어깨를 펴고 걸으세요. 그러면 허리도 좋아질 거예요." 그 후 신기하게도 선생님 말씀처럼 허리 상태가 아주 좋아졌다. 운동 효과를 톡톡히 본 것이다. 그러나 잠시 방심하면 자세는 금세 흐트러진다.

자기에게 잘 맞는 운동을 찾으면 이런 변화를 맞게 된다. 나는 필라테스를 통해 내 몸이 점점 유연해지고 있음을 느낀다. 그래서인지 요즘 거친 운동에 대한 욕심도 생겼다. 그 운동은 '달리기'다. 아마 '무라카미 하루키'의 《달리기를 말할 때 내가 하고 싶은 이야기》 책을 읽게 되면서 더욱 그런 마음이 생긴 것 같다. 주로 빠르게 걷는 편이지만 달릴 때의 그 마음을 잠시 느껴본다. 지금 내가 하려는 이야기는 1년간의 꾸준한 운동, 멋진 몸매, 건강 등을 자랑하려는 것이 아니다. 내가 원하는 것은 '지속가능한' 몸매이며 건강이다. 이를 위해 '지속가능한' 식사 조절과 운동을 병행해 나가는 것이 필요하다.

하루에 세끼를 먹어도 천천히 오래 씹으며 배가 약간 찼다는 느낌이 들 정도만 먹는다. 점심 후 산책을 하거나 오후에는 한두 번 계단 오르기를 한다. 근력이 생기면서 걷는 자세도 보기 좋아졌다. 걸을 때 내 모습을 슬쩍 쳐다본다. 흐트러져 있으면 다시 배에 힘을 주고 등을 꼿꼿이 편다. 눈가에 주름이 질지라도 살짝 미소를 지어본다.

나답게 살아갈 수 있도록 내 몸과 마음을 강건하게 만드는 일은 나에게 주는 선물이다. 할 수 없다고 느끼는 웅크린 마음들을 꺼내어 조금씩 변화시켜 나가고 싶다. 내 몸이 건강해질수록 나의 인생 이력서를 새롭게 써 내려가고 있다. 늦된 것이 아닌, 나로서 '충분하다'라고 말해주고 싶다.

박종숙의 글

작가 입문

글쓰기의 쓸모

나는 올해로 딱 6학년이 되었다. 요즘 평균 수명이 길어져 곧 백세시대가 열린다고 하니, 내 나이를 축구에 비유한다면 후반전이 시작된 지 오래되었지만, 열심히 골을 차고 있는 셈이다. 지나온 인생의 전반전을 돌아보면, 어머니의 갑작스러운 죽음과 언니와의 갈등 그리고 오랜 짝사랑 등 사람들과의 관계에서 오는 아프고 부끄러운 장면들이 스냅사진처럼 지나간다. 그때 왜 그랬는지 후회되지만, 다시 돌이킬 수는 없다. 그러나 이 모든 실수나 실패, 방황들조차 나의 한 부분이 되었기에 더 이상 자책하지 말고 이제는 내 존재 자체로 충분했다고 말해주고 싶다.

　대부분의 여성 직장인들은 사회적인 의무뿐만 아니라 가정에서도 그 역할을 감당해야 했다. 책임져야 하는 것들에 치여 내 꿈보다는 남편과 자녀의 꿈을 먼저 생각해 왔다. 내게 주어진 의무에 충실했다는 점에서 칭찬할 만하지만, 정작 내 인생은 빈털터리가 되어버린 느낌이다.

　나름대로 성실하게 인생을 살아왔고, 한 직장에서 36년 넘게 일해왔지만, 늘 마음 한구석에는 은퇴 후의 삶에 대한 불안감이 있었다. 여전히 삶을 꾸려가야 했기에 고민만 하고 시작해 볼 용기가 없었다. 그러다 내 적성과 맞지도 않는 공인중개사나 요양보호사 자격증이라도 취득해 보려고 기웃거려보기도 했다. 어떤 선배는 바리스타 자격증을 땄고, 어떤 후배는 뒤늦게 사회복지학과에 입학해서 미래를 준비하고 있다. 직장이 있으나 없으나 미래에 대한 불안감은 누구나 가지고 있다. 돌이켜 생각하면 이런 지속적인 불안감이 나 자신과 좀 더 솔직히 대화하게끔 이끌어주었다.

　"내가 할 줄 아는 것은 회사 일밖에 없어. 일을 그만둔 다음에 난 무엇을 할 수 있을까?"

　"인생의 살날만 길어진 채 아무것도 하지 못한 채 살아가는 것은 아닐까?"

　"나는 어떻게 살아야 하지!"

존재에 대한 질문은 나를 정면으로 응시하게 했다. 언제 끝날지 모를 코로나 3년여 기간 동안 내가 택한 것은 '책 읽기'였다. 나는 다시 책을 손에 들고 읽기 시작했다. 읽다 보니 글도 쓰고 싶어졌다. 세상과 소통하기 위해 SNS에 소박한 글쓰기를 시작했다.

처음 글을 쓰기 시작하면서 선배에게 작가가 되고 싶다는 속마음을 얘기했더니 약간 기가 찬 듯 나를 보며 헛웃음을 내는 것이 아닌가? 착한 선배라 내게 직접 표현은 하지 않았지만, '네가 작가가 되고 싶다고? 말도 안 돼!'라고 말하는 것 같았다. [헤밍웨이의 글쓰기]를 보면 글쓰기에 절대적으로 필요한 두 가지 요소는 '참된 진지함과 재능'이라고 했다. 유감스럽게도 내겐 그 재능이 없다. 그나마 인생에서 싫증 나지 않고 좋아하는 것이 책 읽고 영화 보는 것이다. 취미로만 살아도 될 일을 작가가 되겠다는 과한 욕심을 부리고 있지만 다만 한 가지는 알고 있다. 비록 재능은 없을지라도 더 늦기 전에 좋아하는 일을 해보는 것이다.

요즘 50~60대 늦은 나이에도 작가로 등단하는 이들이 늘고 있다. 그분들의 이야기를 들어보면 각자 긴 습작의 훈련을 지내오셨던 분들이었다. 짧은 시간에 작가로 성공하겠다는 생각은 섣부른 욕심이다.

나는 빠른 속도로 걷거나 달리는 것을 좋아한다. 목표지점이 어딘지는 알 수 없으나 그 지점을 향해 달리다 그만 거친 숨을 쉬며 넘어지기도 한다. 그러나 다시 일어난다. 소설을 쓰기 위해 달리기로 건강을 지켰던 하루키처럼 나도 오늘을 달려본다.

물론 나이가 드니 시력과 체력 난조로 책 읽고 쓰는 일이 버거워질 때도 있지만 한 편의 글이 완성하고 나면 하늘을 날아갈 것 같다. 거창하지 않을지라도 꾸준한 글쓰기 훈련을 통해 소박한 삶을 만들어 가고 싶다. 그래서 나는 나를 작가로 부르기로 했다.

'나이는 숫자에 불과하다'라고 말하지만 이제야 글쓰기에 뜻을 두고 정진하려니 내 모습이 웃픈(웃을 수도 울 수도 없는) 것 사실이다. 그럼에도 평생 작가로 사는 것도 재미있을 것 같다. 부지런히 글쓰기를 멈추지 않는다면 당신도 작가가 될 수 있다. 다만 시작하지 않았을 뿐이다. 백세시대에 못할 것이 무엇인가? 적어도 20년은 글 쓰는 사람으로 살아갈 수 있다. 같이 시작해 보자.

자서전 출간

뒤늦게 글쓰기를 선택했지만, 내 글을 어떻게 책으로 낼 수 있을지 고민이 되었다. 책으로 출간할 방법은 예전보다 좀 더 다양해졌지만, 가장 좋은 방법은 블로그에 올린 내 글을 보고 출판사의 연락을 받거나 신춘문예에 당선되는 것이다. 아니면 자비로 출간할 방법밖에는 없다. 엄두도 내지 못한 채 책 출간에 대한 막연한 꿈을 꾸고 있던 나는 세종시립도서관에서 '인생과 철학과 지혜의 기록'이라는 12주차 프로그램을 우연히 발견하게 되었다.

모임 시간이 직장인에게 쉽지 않은 시간대이긴 했지만, 용기를 내어 신청했다. 처음에는 수필 몇 편 정도 쓰면 되지 않을까 하는 순진한 마음으로 강의실에 갔다. 정말 착각이었다. 내 인생의 이야기를 한 권의 책으로 써내야만 하는 수업이었다. 나의 첫 책이 '자서전'이 될 줄은 전혀 생각하지 못했다. 다행히 시립도서관의 적극적인 지원과 노련한 교수님의 지도에 대한 믿음이 있었기에 두렵지만 시작할 수 있었다.

그 결정은 옳았다. 자서전을 쓰면서 나의 부모님과 잊고 있었던 어린 시절을 떠올릴 수 있었다. 난 그곳에서 맘껏 뛰놀았고 부모님과 행복한 시간을 보낼 수 있었다. 후회와 자책감으로 보냈던 어린 시절의 그날을 떠나보낼 수 있었다. 만약 내가 타임머신을 타고 어린 시절로 돌아갈 수 있다면 18살 때의 나를 만나고 싶다. 엄마 없이 보내야 할 거대한 세상 앞에 두려워하고 있는 나를 찾아가 따뜻한 밥을 사주고 싶다.

"두려워하지 마. 넌 잘할 수 있어. 미래에 넌 결혼해서 예쁜 딸도 낳고 행복하게 살 거야. 지금의 내 모습처럼. 기다릴 게."라고 말해주고 싶다. 연일 책상에 앉아 훌쩍거렸더니 남편은 걱정이 되는지 한마디 한다. "도대체 왜 그래. 그렇게 울려면 자서전 쓰는 것 그만두지 그래."

자서전을 쓰면서 재미있는 일도 있었다. 점심시간에 열심히 글을 쓰고 있는데, 직장동료가 내가 무엇을 하는지 궁금해하기에 자서전을 쓰고 있다고 말해버렸다. 현재 분량이 200 페이지 정도 될 것 같다고 했더니 그녀는 많이 놀라는 눈치였다. "정말로요! 그렇게 자랑할 게 많아요?" 자서전을 쓰면서 깨닫게 된 것은 자랑할 것이 없는 인생은 없다는 것이다. 우리의 인생을 자세히 들여다보면 별처럼 빛나는 소중한 이야기가 있다는 것을 알았다.

고3 때 어머니가 돌아가신 후 갑자기 나는 철이 들어버렸다. 다행히 어머니와의 연결이 이 세상에서 끝났을 때 아버지가 곁에 계셨고, 언니도 있었다. 그리고 교회를 다니게 되었고 신앙이 성장하면서 왠지 모를 불안과 두려움에서 조금씩 벗어날 수 있었다.

늦게나마 결혼도 했고 이제 딸은 고1이 되었다. 그런데 엄마가 되어보니 더욱 나의 어머니가 보고 싶다. 자녀를 키우면서 "내 어린 시절도 이랬을까?" "어머니는 이런 내 모습을 보면서 어떤 생각을 하실까?"

예전에 '슈룹'이라는 드라마를 보았다. '슈룹'은 우산이라는 뜻으로 드라마에서는 사고뭉치인 아들을 지켜내기 위해 치열한 왕실 교육 전쟁에 뛰어드는 중전의 궁중 분투기를 담고 있다. 나도 딸의 우산이 되어주고 싶었다. 그렇지만 딸이 자기 스스로 문제를 해결할 수 있는 강건한 아이로 자라기를 바랐다. 오랫동안 엄마의 사랑을 오해했었다. 나를 응석받이로 키워서 내가 강하지 못했다고 생각했다. 그래서 딸에게 잘해주다가도 불안감이 올라오면 잔소리를 심하게 하곤 했다. 그렇지만 자서전을 쓰면서 알았다. 어머니의 무조건적인 사랑이 오히려 힘든 세상을 버터 낼 수 있는 힘이 되었다는 것을….

처음 자서전 쓰기 모임에 왔을 때 함께하신 분들이 많았다. 그러나 교수님이 12주 동안 각자 '자서전'을 써서 책을 발간해야 한다고 하자 몇 분이 겁을 먹고 미리 포기하셨다. 자신의 평범한 삶을 쓰기에는 '부끄럽다'라고 하셨다. 그분들의 이야기를 들으면서 나에게 질문했다. "현진이에게 엄마가 살아온 삶을 이야기해 줄 수 있겠니?" "Yes"였다. 그래서 시작할 수 있었다. '엄마'라는 특별한 이름을 가진 수많은 사람 중에 딸에게 자서전을 남길 수 있는 사람은 흔치 않을 것이다. 현진이가 세상 살다 힘들고 지치면 엄마의 바다에 와서 맘껏 놀고, 먹고, 쉴 수 있었으면 좋겠다. 그래서 그 힘으로 다시 시작할 힘을 얻었으면 좋겠다.

작가로 살고 싶은 소박한 꿈으로 작년에 자서전《엄마의 바다에서 꿈을 꾸다》라는 첫 책을 출간할 수 있었다. 출간 기념으로 세종시립도서관에서 '도서관 지혜학교 출판기념회'를 성대하게 열어주셨다. '자서전'을 쓰고 보니 작은 소망이 생겼다. 정말 글 쓰는 사람으로 살아보는 것이다. 그 길을 걸어가는데 시간이 다소 걸릴지라도 용기 내 보고 싶다.

나는 나만의 이야기로 세상에 존재할 수 있을까?

오랫동안 독서와 글쓰기를 하고 있지만, 내 시간은 내가 필요한 사람들에 의해 좌우되었다. 매 끼니 밥을 차려야 하고, 자녀는 아프고 힘들다며 투정 대며, 돈이 필요로 하는 이들을 위해 생계를 위해서 계속 일해야 했다. 그런 무게가 중력처럼 버겁게 느껴져 나를 억누르지만 살아내려고 애쓰다 보면 그들이 나를 중심 잡게 했다. 가벼워 표류하기보다 고난의 단단한 무게감이 오히려 나를 존재감 있게 만들었다.

인문학과 철학 등 아직 못 읽은 책이 부지기수인데, 작가들의 글을 읽다 보면 나의 필력에 주눅 들 때가 많았다. 그러나 지금 시작했으니 당연한 일이다. 능력 차이가 아닌 시간 차이라고 위로했다. '파친코' 저자로 잘 알려진 이민진 작가는 "자신은 10년 이상 실패한 작가였고, 글을 쓰면서 성공한 적이 없었다"라고 고백했다. 그녀는 뒤늦게 작가가 되었고 18년 가까이 알려진 책은 많지 않다. 남들보다 많이 늦었지만, 사람들은 이제 그녀를 성공한 작가로 부른다. 결국 꿈을 이루는 일은 평생에 실현해 가야 할 숙제이다.

작가라는 직업을 동경하면서 나의 태도에 많은 변화가 생겼다. 다른 사람들의 말에 귀 기울이기 시작했다. 예전에는 따분하게 느껴지던 그들의 이야기가 재미있다. 새로운 이야기를 들으면 그냥 글을 쓰고 싶어졌다. 글에는 사람을 변화시키고 세상을 바꾸는 힘이 있다. '이민진 작가'는 중학생 때 아버지를 대신해 관청에 편지를 써서 집 앞의 쓰러지는 나무를 옮겼는데, 글을 쓰면 뭔가를 변화시킬 수 있다는 큰 교훈이 자신을 작가로 이끌었다고 했다. 독서와 글쓰기는 고정된 시선에서 벗어나 더 넓은 세상으로 나의 방향을 바꿔 주었다.

하루 종일 컴퓨터 앞에 앉아 키보드를 두드렸다. 이 글을 쓰기 위해 흐트러진 문장을 읽고 고치기를 수십 번 하다가 떠오르는 문장이 없으면 나 자신을 격려하기 위해 책을 읽었다. 외롭지만 황홀한 습작의 시간은 읽기와 쓰기의 힘을 몰랐더라면 가지 않았을 길이다. 책 속에서 많은 스승을 만나고 인 풋 된 생각들을 아웃풋으로 끌어내는 힘은 작가가 지닌 단단함이다. 그래서 나이 제한 없는 작가라는 직업은 참 매력적이다. 작가는 글로 영향력을 행사할 수 있는 사람이니까.

"나는 글을 통해 더 따뜻한 세상을 만들 수 있을까?"
"나는 두려움을 이겨내고 끝까지 쓸 용기가 있을까?"
"글쓰기가 나와 다른 사람을 구원할 수 있을까?"

앞으로도 내 인생에 많은 질문을 할 것이고, 나는 천천히 그 답을 찾아갈 것이다. 내가 만들어 놓은 자아의 벽을 뚫고 더 성장할 수 있도록 나의 시선을 열어놓을 것이다. 어릴 때는 일의 가치를 돈 버는 수단으로 여길 때도 있었지만, 그 동안 일을 통해 만났던 좋은 사람들, 함께 했던 이웃 봉사활동은 내 인생에 의미 있는 기록으로 남겨져있다. 내가 하려는 글쓰기도 처음에는 나를 찾는 의미에서 시작했지만, 점점 따뜻한 글로 사람들의 마음을 만져주는 글을 쓰고 싶다. 다소 부족해도 그 일을 얼마나 가치 있게 쓰느냐가 더 중요하다.

어른으로 살아가려면 매일 철학과 거래하면서 살아야 한다. 쉽지 않지만, 성장을 멈추고 싶지는 않다. 어른의 공부는 내 고집만 우기지 않고, 설득당할 수도 있음을 배우는 것이다. '시작이 반이다. 그리고 인생은 길다.' 꿈을 향한 나의 초심과 잠재력을 믿는다. 자신의 존재를 찾아가는 사람은 힘들게 지나온 모든 순간이 다 아름답다. 꿈꾸는 모든 이의 건투를 빈다.

박종숙의 글

돌파구

새벽에 성공의 씨앗을 심는다

'나는 지금 작지만 나는 이미 큰 자다.' 매일 아침 거울 앞에 서서 커진 나를 상상하며 읊조리는 말이다. 나는 원래 씨앗이었다. 그 씨앗 안에 다양한 내가 존재한다. 늦은 나이에 글쓰기를 시작한 것도 나에게 아직 해야 할 질문이 남았기 때문이다. 내 존재에 관한 씨앗을 키우는 중이다. 원해도 할 수 없는 이유를 찾으면 수천 가지이지만 그 일을 해야만 하는 딱한 가지 이유가 있다면 우리는 새로운 습관을 지속할 수 있다. 새벽 기상을 하게 된 것도 내 삶에 성공 씨앗을 심기 위한 나만의 의식이었다.

성공하는 사람들의 공통점 중 한 가지는 '부지런함'이다. 성공한 사람들은 아침에 누구보다 일찍 일어나 하루를 준비한다. 이름만 대면 한 번쯤 들어봤을 법한 스타벅스의 하워드 슐츠, 현대그룹의 고 정주영 회장, 삼성그룹의 고 이병철 회장 등 자신의 시간 관리로 새벽 시간을 중요시했다. 이런 영향 때문인지 적지 않은 사람들이 새벽 시간을 활용하여 운동하거나 공부한다. 특히 직장인이라면 아침 시간이 황금시간이라 아침의 1시간은 저녁의 3시간과 맞먹는다고 할 정도이다.

은퇴를 준비하며 세상에 내던져지기 전 내 인생의 변화가 필요했다. 누구에게도 제약받지 않은 나만의 시간, 의식이 필요했다. '직장맘'으로 그 시간을 내기 위해서는 새벽이 적격이었다. 그러나 교회에서 특별 새벽기도회 때 새벽에 일어난 경험뿐, 야행성 체질인 내게 새벽 시간은 먼 나라 얘기였다. 그러나 무엇인가를 하기에 늦을 때는 없다. '모든 일의 시작은 위험한 법이지만, 무슨 일을 막론하고 시작하지 않으면 아무것도 시작되지 않는다'라는 니체의 말처럼 어떤 일이든 새롭게 시작하는 시점이 중요하다. 해냈다는 의지는 내게 큰 힘이 되고, 그 힘은 나머지 하루에 대한 나의 마음가짐과 환경을 세팅해 주기 때문이다.

지난날 새벽 기도로 응답받았던 좋은 기억이 있었기에

이번에는 새벽 체질로 나를 온전히 바꾸고 싶었다. 매일 새벽 4시 40분 기상하여 출근 전까지 나만의 2시간은 내 꿈이 자라는 시간이다. 가장 먼저 감사 노트와 To Do List(할 일 목록)를 적고 난 후 독서하거나 공부한다. 독서하며 인상 깊은 문장은 필사 노트에 옮겨 적었다. 올해부터 다시 시작한 새벽 기상은 내 루틴이 되었다. 변화는 새로운 습관으로 이루어진다. 자신을 변화시키고 싶은 강렬한 욕구는 작은 습관에서 시작해 큰 결과로 이어진다. 그냥 생각하고 바라보는 것만으로는 그것을 알기 어렵다. 현실이라는 시간에 몸을 던져서 현재의 공기를 온몸으로 맞아보는 데서 비로소 알 수 있다.

새벽에 일어나기가 쉬운 일은 아니다. 대부분 직장인은 아침잠을 줄이기가 쉽지 않다. 대부분 1분이라도 더 자고 싶을 것이다. 이런 상황에도 일찍 일어나 독서하거나 자기 계발하는 사람은 스스로 느끼는 감정이 남다르다. 새벽 기상을 하면서 주위에 많은 새벽지기를 알게 되었다. 어린아이를 둔 직장맘은 자신의 공부를 위해 새벽 4시 기상을 택했고, 그 시간에 미래를 위한 부동산 공부를 하고 있다고 했다. 이런 분들이 한둘이겠는가!

각자 어떤 이유에서든 이 세상에 나답게 존재하기 위해 새벽에 화룡점정을 찍듯 매일 작은 기록을 남기는 사람들이 많아지고 있다. 작은 기록들은 결국 세상과 연결되는 일이며, 누군가의 기억 속에 영원히 존재한다. 조금 알아도 어떻게 가치 있게 쓰느냐가 더 중요한 시대다. 계속 변해야 생존할 수 있다. 우리는 매일 준비의 연속선상에 살고 있다. 읽기와 쓰기도 꾸준히 해야 언젠가 기회를 맞이할 수 있다. 늦은 나이에 시작했다고 나이 탓만 하지 말고 꿈을 향해 한 걸음씩 나만의 매력을 키워야겠다. 꿈이 늙지 않도록 매일 감사하며 부지런히 글 쓰는 시간을 가지리라.

데스티니로 가는 여정

새벽 4시, 전화벨이 울렸다. "아버지가 돌아가셨어." 언니였다.

임파선암으로 1년 넘게 투병 중이셨다. 아버지의 회복되는 모습을 보고 서울로 돌아온 지 얼마 안 돼서였다. 전화를 끊고 강릉행 고속버스를 타러 집을 나서면서 일기장에 끼워놓았던 아버지의 사진을 챙겼다.

어릴 때 사진관에서 찍은 유일한 가족사진이었다. 왠지 그게 필요할 것 같았다. 가장 좋아하는 사람에게는 죽는 모습을 안 보인다고 하더니 아버지는 말없이 내 곁을 떠났다. 장지로 이동할 때 마지막으로 아버지의 얼굴을 보았다. 그 모습이 너무 평안해서 오히려 나의 마음이 진정되었다.

우리 인생은 기찻길에 있는 두 개의 레일처럼 슬픈 일과 기쁜 일이 함께 온다. 내가 어릴 때 아버지는 우리 가족을 떠나 사셨는데, 그 일을 늘 미안해하셨다. 고3 때 엄마가 돌아가신 후 아버지는 홀로 남은 나를 살뜰히 챙겨주셨다. 그때의 마음이 낡은 일기장에 적혀 있었다.

"아버지를 용서하기로 했다. 그리고 나를 용서한다."

쓴다는 의미는 희미한 안개를 걷어 내는 일이다. 방금 흘린 눈물이 무엇이었는지, 왜 그렇게 느꼈는지, 왜 분노했는지, 왜 아직도 우울한지 쓰고 나면 조금씩 또렷해진다. 막연한 감정을 추스르고 나면 다시 일어설 힘을 얻게 된다.

SNS에 일기를 쓰고 있음에도 여전히 손때 묻은 일기장을 포기하지 못하는 이유는 쓰면서 느끼는 아늑한 촉감 때문이다. 일기장에 뭔가 쓰고 있으면 그 순간은 외롭지 않았다. 쓴다는 것은 내 감정을 똑바로 바라보는 일이다. 이해되지 않은 상황에서도 적어도 쓰는 것만으로 내 마음만은 지킬 수 있었으니까.

내 안의 외로움, 인생에 대한 불안감이 나를 조여올 때마다 노트에 글을 쓰고 나면 마음이 조금 풀렸다. 쓰다 보면 어느새 내게 '너 괜찮니?'라고 위로해 주는 것 같았다. 일기장의 위로가 필요했던 내 안의 어린아이는 쓰고 쓰면서 모든 것을 이해하려 했다. 쓰지 않았다면 느껴보지 못했을 감정이다. 뒤늦게 글 쓰는 사람이 되려니 매번 질문하게 된다. 나의 글쓰기는 '자기 성찰'인가? 아니면 나의 '데스티니'인가?

'데스티니(destiny)'란 의미가 우리가 생각하는 '운명'으로 정의하기에는 좀 아쉽다. 서구 기독교 문화 속에서 '데스티니'라는 의미는 '하나님의 계획'이라는 뜻이다. 우리가 흔하게 말하는 '팔자'라는 의미가 아닌 각자의 삶에는 하나님이 계획하신 명확한 설계도가 있고 목적이 있다는 뜻이다. 내가 '믿음'을 선택했다면 내가 가는 이 길은 우연이 아니라 살면서 툭툭 던져놓은 구슬들을 꿰어가는 여정이다.

만약 내가 전업 작가의 길을 빨리 시작했다면 나의 무재능을 탓하면서 이미 포기했을지도 모를 일이다. '시작하기에 늦을 때는 없다.' 읽고, 듣고, 보고, 경험하는 이 모든 행위가 글 쓰는 형태로 나타나지 않는다면 내 퍼즐은 완성되지 않을 것이다. 세상에 대한 호기심, 공감, 그 과정을 연결하는 일은 결국 나의 해방일지를 쓰는 일이다. 살면서 겪었던 삶의 모든 재료가 책을 쓰기 위한 재료가 된다면 바로 '데스티니'로 가는 여정이 아닐까?

늘 바쁜 아내를 지켜보던 남편이 하루는 내게 질문한다.

"당신 너무 열심히 공부하는 것 아니야. 몸도 생각해야지. 그게 나중에 돈이 되는 일이야?"

남편에게 말했다.

"그건 모르겠지만, 내가 좋아하는 일을 하고 있어."

잘 쓰기 위해서는 먼저 좋은 밭을 가꾸지 않고 기적적으로 잘 쓸 수는 없다. 잘 살아야 잘 쓸 에너지가 생긴다. 요즘 사람 사는 일에 관심이 커졌다. 남의 말을 경청해서 잘 들으려 한다. 그들의 이야기가 글이 되기도 한다. 그래서인지 사는 게 조금 재미있어진다. 책은 읽을수록 읽을 책이 더 늘어난다. 읽고 나면 다시 쓰고 싶어 진다. 이렇게 뚝딱 글 한 편이 완성되면 그렇게 행복할 수가 없다. 이게 좋아서 글 쓰나 보다.

삶의 여정에 만난 독서와 글쓰기가 더 많은 사람에게 희망과 용기를 줄 수 있는 도구로 사용된다면 자신만의 삶을 살아온 사람이 아닌 살아야 할 이유가 있는 행복한 사람으로 남을 수 있을 것 같다. 아름답게 늙어갈 수 있는 길은 다양하지만, 성장하는 동안 우리는 늙지 않을 것이다. 내 나이가 어때서? 맞다. 지금이 무엇이든 시작하기 가장 좋은 나이임을 믿

고 조금만 더 용기를 내어보는 일, 벌써 사는 게 재미있어질
것 같다.

박종숙의 글

열등감 해석

　20세기에 재미 삼아 유행했던 유머로 '여자는 30이 지나면 학력 구분이 없어지고, 40이 지나면 외모 구분이 사라지고, 50이 지나면 남녀 구분이 안 된다'고 했었다. 지금은 아주 무례한 여성 비하 발언이지만, 그때는 웃고 지나갔다. 하지만 웃는 순간 '30이 지나면 학력 구분이 없어진다'는 부분에서 나는 묘한 쾌감을 느꼈다. 이는 내 마음속 깊은 곳에 있던 학력 열등감이었다.

　1988년 대학 진학률은 32%이었다. 인문계 고등학교에 다녔던 친구들은 대부분 대학 진학을 했지만, 취업의 길로 갔던 친구들도 많았다. 나는 대학은 꼭 가야 한다는 엄마의 신념으로 32%에 들어갈 수 있었다. 하지만 원하는 대학에 가지는 못했다. 미대에 가고 싶었지만, 가정 형편상 취업이 잘되는 전공을 선택해야 했다. 결국 엄마의 권유로 간호대학에 가게 되었다. 어떤 공부를 하는 곳인지 몰랐지만, 세상의 전부였던 엄마의 말을 믿고 갔다. 어린 나의 경험치는 엄마의 제안 딱 그만큼이었다. 나는 전문대라는 열등감으로 어두운 터널 안에 있었다. 미팅이나 소개팅을 해도 즐거움이나 설렘의 감정이 없었다. 항상 뭔가에 쫓기며 그 시간이 빨리 지나가기를 바랐다.

미국은 지독한 인종차별이 존재하고, 한국은 학벌과 부의 차별이 있으며, 인도는 계급사회가 아직도 존재한다. 내가 사는 북가주에는 엔지니어로 살아가는 인도인들이 많다. 그들은 이름으로 계급을 알 수 있다. 이름이 짧을수록 상류층이다. 인도인들은 같은 회사 같은 부서에서 근무해도 계급이 낮은 사람과는 대화를 하지 않는다. 얼마 전 짐(Gym)에 가서 사우나를 하는데, 두 미국 여자의 수다를 들었다. 한 여자는 고등학교 졸업 후 아르바이트하며 칼리지 입학을 준비 중이었고, 한 여자는 유 씨 버클리(U.C. Berkeley)를 졸업했다고 한다. 버클리를 졸업한 여자는 편입했다며 즐겁게 말했다. 그들의 열린 대화는 거리낌 없이 편안하고 자유로웠다. 내 학력을 말할 때마다 마음을 다잡는 나와 비교되어 그 자유로움이 어색했지만 부러웠다. 지금도 나는 학력을 말할 때 침을 한

번 꿀꺽 삼키게 된다.

2000년 플로리다로 유학 간 남편과 함께한 미국 생활은 외롭고 힘들었다. 그곳에서 공부하는 엄마들을 볼 때, 아이 키우고 살림하느라 지쳐있던 나는 상대적 박탈에 시달렸다. 교회를 통해 만나게 된 사람들의 학력과 가정 환경에 나는 더 움츠러들었다. 내 마음을 알아차린 구역 모임의 언니는 나를 위로해 주었다. 생각만큼 모든 사람이 완벽하거나 행복하지 않으니, 비교의 늪에서 벗어나 스스로에게 집중해 보는 시간을 가져보라고 했다. 하지만 나는 그럴 마음의 여유가 없었다. 두 아이의 육아와 살림으로 정신 차릴 틈이 없었고, 내면에 쌓인 힘도 없었다. 독서는 공부하는 사람만 하는 거라 생각했으며 상상조차 하지 못했다. 내가 열등감에 젖어 살았던 이유는 책 읽기를 회피해서 내면에 축적된 힘이 없었기 때문이다.

아이러니하게, 한국살이 10년 만에 다시 미국살이가 시작되었다. 두 번째 미국 생활은 남편이 학생이 아니라 회사원인 덕분에 경제적 안정은 있었다. 하지만, 내 마음 깊은 곳의 열등감은 사라지지 않았다. ESL(English as a Second Language)도 공부하고, Art 클래스도 들어보고, 간호조무사(CNA, Certified Nursing Assistant) 클래스도 도전했다. 갱년기가 찾아왔고 삶의 허무와 공허가 한층 더 나를 옥죄었다. 뭔가를 해야만 이 늪에서 빠져나올 것 같았다. 그러나, 마음이 평안해지는 계기는 갱년기를 벗어나기 위해 우연히 시작된 책 읽기와 독서 모임이었다. 이로 인해 코로나 팬데믹과 함께 한 나의 갱년기는 오히려 내면을 단단하게 하고, 삶의 방향과 목표를 얻는 시간이었다. 격리 환경이 나에게 좋은 습관을 만들어 주었고, 책 읽기는 내면에 기반을 쌓으며 생각하는 힘을 선물했다.

영어의 언어적 한계로 미국에서 많은 사람이 다양한 일을 한다. 일을 통해서 성취를 얻던 나는 일이 사라진 후 성취감도 사라졌다. 도전해 본 다양한 일들은 건강 문제로 그만두었다. 갱년기 이후 일을 찾는 과정에 건강 문제가 걸림돌이었다. 주변에서 먹고살 만하면 이제 편하게 살라고 권했다. 이런 위로의 말들이 나를 더 무기력하게 만들었다.

노년기에는 일 하지 않고 편하게 살아야 한다는 일반적인 생각에서 다른 길로 가고 싶다. 나는 아직 자식에게 의존하지 않고, 새로운 지식을 받아들일 수 있는 세대이다. 배우고 시도하고 실패하더라도 그 과정 안에서 내가 얻는 삶의 지식이 있다. 내 몸을 통해서 양약의 한계를 깨닫고, 만성 질환에 적합한 중국 의학을 공부하고 싶은 욕구가 생겼다. 주변에서 걱정과 격려의 말이 공존한다. 체력 때문에 나이 들어 공부하는 것이 어렵기 때문이다. 해보고 포기하는 것과 시도 조차도 안 하는 것은 50%를 버리는 결과이다. 시도 안에 남아 있는 50%는 또 다른 길로 나를 인도할 수 있다.

최근 나의 학력 열등감이 점점 희석되고 있다. 4년 전부터 시작한 책 읽기를 통해 삶을 바라보는 관점이 다양해지고 이해의 폭이 넓어지고 있다. 책은 인생의 스승이자 삶의 지표 역할을 한다. 책 속의 지식과 삶이 나를 성장시키고 평안을 준다. 독서는 열등감의 덧없음을 알려주고, 삶에 대한 감사와 긍정적 마음을 갖게 도와준다. 처음 읽기 시작했던 자기개발서보다 철학이나 인문학책들이 나의 변화에 더 영향을 미친다. 독서 습관은 다양한 책을 넘나들며, 평온한 마음으로 살아갈 힘을 얻게 해 준다.

나의 책 읽는 습관이 아이들과 함께 하기를 바란다. 특히, 예민하고 여린 딸이 고민을 얘기할 때마다 책 읽기를 강조하고 책이 주는 엄청난 힘을 얘기하곤 한다. 더 일찍 독서 습관을 만들었으면 하는 아쉬움이 크지만, 지금이라도 알게 되어서 다행이고 행복하다. 삶이 주는 일차원적인 기쁨과 행복에 연연해하지 않고 더 깊은 진리를 책에서 찾을 수 있어 감사하다. 어떻게 열등감을 해석하는지에 따라 그것이 삶의 동력이 되기도 하고, 걸림돌이 되기도 한다. 의식과 마음이 기억을 만들듯이, 과거의 기억을 어떻게 반영하는가에 따라 나의 운명이 바뀔 수 있다.

백란희의 글

요세미티 공원, 2020

병풍이 되어 주는
부모

두 번째 미국살이가 벌써 10년째다. 이곳에서 만나는 어른이 많아질수록 부모님 생각이 난다. 엄마는 7년 전에 아버지는 5년 전에 돌아가셨다. 엊그제 같은데 시간이 참 빠르다. 나의 부모님은 사이가 좋지 않았지만, 주변 지인들의 부모님은 정정하시고 서로 사이도 좋아 보인다. 한국과 미국을 오가며 자녀를 도와주거나 골프 치러 가는 모습이 보기 좋다. 지인의 집에 초대받아서 마주한 그녀의 부모님은 병풍 같다고 생각했다. 뒤에 서 계신 부모님으로 인해 그녀가 더 빛이 났다. 나도 아이들에게 그녀의 부모처럼 빛이 나는 병풍이 되고 싶다. 어떤 부모가 되어야 할지 생각하게 하는 만남이었다.

내 부모는 연애결혼을 했다. 아버지는 지독히 가난한 홀어머니의 아들로 자유로운 영혼이었고, 엄마는 아버지와 어울리지 않는 유복한 가정의 사랑스러운 딸이었다. 두 분의 결혼은 혼전 임신으로 내가 생겼다. 엄마는 외가의 결혼 반대를 무릅쓰고 나를 포기하지 않는 선택을 했다. 엄마의 선택은 매우 감사한 일이다. 하지만, 두 분 모두 불같은 성격으로 싸움이 잦았다. 어린 시절 기억은 부모님의 싸움이 대부분이다. 내가 철이 들 때까지 갈등은 지속되었고, 그 위태로운 일상에 익숙해졌다.

자아 정체성을 찾는다는 사춘기는 내게 사치였고, 대부분 시간을 부모 걱정으로 보냈다. 부모님의 불화는 엄마가 떠날지도 모른다는 불안감으로 나는 착한 딸이 되었다. 아버지와 다툼이 있거나 마음이 힘든 경우, 엄마는 모든 감정을 내게 쏟아냈다. 어린 나는 원하지 않았지만, 그 감정을 받아들일 수밖에 없었다. 사춘기 시절 내내 우울했던 이유였다. 듣고 싶지 않은 말을 들어야 했고, 하고 싶지 않은 일을 해야 했다. 엄마의 인생을 포기하고 선택한 삶이 불행해서, 그녀가 나를 위해 희생했다고 생각했다. 엄마의 감정 쓰레기통이 되어버린 사춘기였지만, 세월이 흘러 엄마의 시간을 살아보니 그녀의 감정을 이해하고 공감할 수 있게 되었다.

나의 대학 시절은 암울하고 힘들었다. 150원이 없어서 자판기 커피를 못 마셨던 경험은 우울해지는 삶의 한 부분이었다. 어렵게 대학에 다니던 시절, 사업 실패로 따로 살던 아버지는 집에 올 때마다 나를 힘들게 했다. 가정 형편이 어려우니 대학을 그만두고 경제 활동을 하라고 으름장을 놓았다. 아버지의 강압적 말투와 억압적 태도는 트라우마였다. 이기적이었던 아버지는 우리를 돌보지 않았고, 본인의 인생을 위해 젊은 날을 보냈다. 나에게 아버지는 무서운 사람이어서 대화는커녕 손잡는 것도 싫었다. 돌아가실 때까지 아버지의 사랑을 단 한 번도 느껴보거나 알아채지 못했다. 남보다 못한 사이가 되었고, 아버지 사랑의 부재는 내 자존감에 큰 영향을 주었다. 지금도 아버지라는 단어는 가슴 한쪽을 쓰라리게 한다.

아버지 사랑의 부재는 나의 정체성과 성격 형성에 부정적 영향을 미친다. 반면, 힘든 상황에서 최선을 다했던 엄마의 강인함과 의지는 잊지 않는다. 엄마의 강한 의지와 사랑은 긍정적인 영향으로 열심히 살아야 한다는 교훈을 준다. 반쪽 부모 사랑이었지만, 엄마의 노력과 사랑으로 자란 세남매는 각자의 자리에서 잘살고 있다.

사회생활을 시작하면서 K-장녀가 되었다. 엄마의 건강 문제로 일곱 살 어린 동생 교육은 내 몫이었고, 8학기 중 6학기 등록금을 책임졌다. 이기적인 내가 그렇게 할 수 있었던 이유는 엄마 때문에 가능했다. 20대의 나는 직장 생활에 지쳐 있었고, 여전히 부모를 걱정하는 모습이었다. 그때도 자리를 찾지 못했던 부모님은 오랜 세월 따로 살았고, 그들의 별거는 아버지 사업 실패 이후 자연스러운 수순으로 이어졌다. 무서운 아버지를 자주 보지 않아도 되는 상황이 오히려 나에게 편안함을 주었다.

내 나이 서른에 결혼이라는 관문이 다가왔다. 소개팅으로 만난 남편에게 아버지 얘기를 털어놓고 만남 여부 결정을 통보했다. 다른 사람과 만남에서 두 번의 뒤 조사를 당한 경험이 수치스러웠기 때문이다. 아버지를 통해서 나를 평가받았고, 내 아버지의 병풍이는 나를 어둡게 만드는 그늘이 되었다. 돈 없다고 결혼하지 말라던 아버지에게 돈을 주었고, 모든 결혼 준비를 혼자서 해냈다. 나의 어려움을 이해한 시부모님은 많은 배려를 해주셨고, 결혼 후 나는 시댁에 복종하며 살았다. 아버지의 사랑과 관심의 부재는 나를 초라하게 만들었다.

결혼해서 가정이 생겼고 그 테두리 안에서 열심히 살았다. 엄마는 항상 인생은 열심히 살아야 한다고 강조하셨다. 덧붙여 네 아버지처럼 살면 안 된다고 했다. 나에게 삶은 열심히 살아야 한다고 각인되었다. 아이들이 사춘기 때, 우리는 삶에 대한 이야기를 나누었다. 나를 제외한 남편과 아이들 모두 삶은 행복하게 사는 것이라고 말하는 데, 뒤통수를 얻어맞는 것 같이 멍했다. 내가 알고 있던 삶의 정의와 달라서 당황했다. 이때부터 어떻게 사는 게 맞는지 방황했다. 책 읽기를 시작한 것도 그즈음이었다. 사춘기에 건너뛰었던 자아 정체성 찾기를 갱년기에 시작하고 있었다.

나는 엄마의 선택을 직면해 본다. 아버지와 결혼은 엄마의 선택일 뿐 나의 의지가 아니다. 내 존재가 엄마 인생에 도움이 되지 않았다는 생각이 잘못임을 인지한다. 이 생각의 전환은 책 읽기를 하면서 알았다. 루이스 헤이의 《긍정 확언 필사 집》을 쓰기 시작하면서 나를 사랑하게 되고, 《내면 소통》을 읽으면서 나의 내면을 들여다본다. 부모와 나를 떼어서 바라보고, 내면을 알아차리도록 노력하는 내 모습을 사랑한다. 이런 변화는 책을 통해서 가능하다. 최근 읽고 있는 《코스모스》는 나의 고민이나 열등감의 무게가 가벼워지면서 우주로 사라지는 듯하다.

엄마와 밀착된 관계와 아버지 사랑의 부재로 인한 부모 사랑의 불균형은 내 삶의 균형을 방해한다. 여러 권의 물리학 책을 읽으면서 세상에 있는 물질의 원리를 알게 되고 그 조화로움에 감탄하고, 우리가 아직 알지 못하는 이론들에 대한 다양한 지식을 깨닫는다. 나의 열등감이 부질없고 의미 없어지며 세계관이 확장되는 경험을 한다. 분자와 원자로 들어가서 바라보는 세계는 나의 열등감이 하나의 '쿼크(quark-원자를 입자 가속기로 쪼개서 나온 원자보다 작은 소립자)'만큼도 아닌 것이 되는 마술을 본다. 물리학책은 세상을 바라보는 관점을 폭넓게 한다.

두 분 모두 세상에 존재하지 않지만, 내 속에 존재하며 여전히 나를 성장시키고 있다. 엄마에 대한 그리움과 미안함을 그림으로 표현해서 갤러리 전시회도 했고, 아버지의 부족한 사랑은 배우자 선택 기준에 도움을 주었다. 좋은 일이든 나쁜 일이든 세상에서 일어나는 모든 일은 내 생각과 내면을 거쳐 긍정적 또는 부정적 결과로 재생산된다. 열등감이 내면을 거친 결과가 긍정적이든 부정적이든 그것은 나의 선택이며, 선택을 지지하고 도와주는 것이 책이다. 책 읽기를 게을리하지 않고 삶의 지평을 넓혀 가는 할머니가 되고 싶다.

백란희의 글

어느 봄날, 2024

관계와 성격

　내 성격은 살아온 시간과 경험, 그리고 다양한 인간관계의 결과이다. 그림 그리며 혼자 노는 것을 좋아하고 예민했던 아이는 급한 성격에 화를 잘 내며 대범해졌다. 사춘기의 나는 소심했지만, 강한 외모 덕에 하고 싶은 말은 내뱉는 아이로 성장했다. 나는 강한 척하며 나의 약한 내면을 감추고 싶었다. 낮은 자존감을 들키고 싶지 않았고, 부모의 불균형적인 사랑이 버거웠던 시기였다. 많은 친구와 가까워지고 싶었지만, 내면의 약함을 드러내고 싶지 않아 다가가지 못했다. 친구들이 끼워주던 수학여행이나 소풍에서의 공연은 매우 어색했으며, 맞지 않는 옷을 입은 듯해서 불편했다. 많은 친구를 사귀기보다 서너 명의 아이들과 깊어지는 쪽이 내 성향이었다.

중학교 때 만난 이란성 쌍둥이 친구는 성격이 좋았다. 많은 형제자매가 있어 사회성도 좋고 타인의 말을 경청하며 친구들도 다양했다. 이들도 아버지가 일찍 돌아가셨지만, 사교적이며 상대방을 편안하게 했다. 지금도 한국에 가면 그녀들을 만나서 추억을 공유하며 즐겁게 지낸다. 다른 친구는 책을 좋아하는 아이로 성격이 차분하고 배려할 줄 알며 말을 예쁘게 했다. 이 친구들이 나의 사춘기를 함께 한 아이들이다. 나는 감정적 스트레스가 많아서 급하고 화가 많았다. 항상 굳게 다문 입과 찡그리는 미간은 이제 세월의 잔재로 얼굴에 선명한 주름으로 남았다.

나는 대학 시절 친구가 없다. 인생에서 가장 힘든 시간으로 누구에게도 마음을 털어놓지 못했다. 방학 때마다 아르바이트했고, 일하는 엄마 대신 동생들을 돌보고 집안일을 도맡았다. 어릴 때부터 일을 많이 해서 내 손은 남자 손처럼 크고 마디가 굵다. 나는 소극적이고 조용한 성인으로 성장했다. 사람들과 교류가 어려웠고 새로운 사람과 만남이 힘들었다. 대학 선후배도 불편했고 그들에게 내 형편이 들킬까 봐 불안했다. 자존감은 낮은데 자존심은 높아서 방어 본능으로 나를 감싸고 있었다.

사회생활은 내 인생에서 가장 많은 친구와 보낸 즐거운

시간이었다. 그들과 나의 만남은 매일 피를 보는 외과 병동이었다. 동기들은 전우 같은 진한 동지애로 서로 도와주고 챙겨주고 위로했다. 이들이 아니었다면 힘든 병원 생활을 하지 못했을 것이다. 대학 때까지 굳게 닫힌 나의 마음은 동기들에게 활짝 열렸고, 지금 성격 대부분 이때 형성되었다. 쉬는 날마다 함께 여행 다니며 휴식의 시간을 공유했다. 각자의 결혼식에 참석해 축하해 주고, 서로의 만남을 주선했다. 다섯 명 중두 커플이 결혼으로 이어졌다. 지금의 남편과 내가 두 커플중 하나다.

병원 생활은 어려웠지만 즐거웠고 행복했다. 아픈 사람들을 만나고 죽음으로 헤어지는 경험은 그 나이 때 감당하기에 단단함이 부족했다. 하지만 그 시간이 지났고 우리는 각자의 삶을 살고 있다. 여전히 우리는 동기 애로 뭉쳐있고 서로의 안부를 챙긴다. 그중 한 명이 우리 집 근처로 이주했으며, 여행도 함께 가고 가족 단위로 만나서 또 다른 관계를 만들어가고 있다. 한국에서보다 이국땅에서 친밀도가 깊어지고 친구의 소중함을 더 느낀다.

결혼 생활이 성격에 미치는 영향은 크다. 서로 다른 배우자를 만나 좋았던 부분이 싫어지면서 상대를 알아가고 성격을 이해한다. 남편은 무한 긍정의 성향으로 행동이 느리고 낙천적이다. 반면 나는 부정적이고 행동이 빠르며 화가 많다.

두 사람이 같은 공간에서 오랫동안 시간을 보내다 보면 상대방과 닮아간다. 또한, 서로의 단점을 이해하고 보완하려고 노력한다. 좋아서 사랑하는 것은 누구나 할 수 있지만, 싫은데 사랑해야 하는 것은 어렵다. 성격이 좋지 않다고 자책하다 보니 소극적이고 예민하고 부정적으로 되었다. 긍정 확언 필사에서 나를 사랑하라는 말이 오그라들고 낯 간지럽지만, 긍정 확언은 불안과 다급함이 평안해지는 효과가 분명히 있다.

교회에서 만난 사람들은 각자의 삶에 따라 성격이 다양하다. 대부분 새로운 만남은 부담스러워서 편하지 않다. 하지만 불편한 감정은 어려움을 통해서 변해갔다. 아들이 중학교 2학년 때 받은 백혈병 진단으로 정신없고 힘들었지만, 교회 구역모임 구성원들의 도움이 나를 성숙하게 했다. 남편이 해외 출장 중인 가운데, 아들이 열이 나면 응급실에 가야 했고, 어린 딸을 두고 갈 수 없었다.

이런 상황이 생길 때마다, 그들은 딸을 돌봐주었고 새벽 운전 힘들다며 운전도 대신해서 응급실까지 동행했다. 나는 어려운 상황과 관계를 통해 변해 갔다. 사람들에게 경계를 풀기 시작했고, 도움이 필요한 사람을 만나면 받았던 도움을 돌려주었다. 병원에서도 먼저 입원했던 부모님들에게 많은 도움을 받았고, 위로하며 챙겨주고 양보하는 상황들이 나를 변화시켰다. 관계를 통해서 성격을 바라보니, 타고난 기질도 관계로부터 바뀔 수 있는 경험을 했다.

모든 사물은 중립인데, 우리가 사물을 긍정적으로 또는 부정적으로 느끼는지에 따라 사물의 성질이 바뀐다고 한다. 나의 타고난 기질은 부정적이어서 사람들을 바라보는 관점과 느낌이 결과적으로 부정적이다. 관계에 있어서 불안하고 소극적이라 다가가지 못한다. 다행히 기질이 긍정적인 배우자를 만나서 부정적인 면이 꽤 희석되었다. 상황과 관계를 통해서 내 성격은 지금도 변화 중이다.

사람마다 감정적 의미 처리가 다양하다. 지나치게 감성적이고 예민한 딸은 상대의 생각을 먼저 결론 내리는 편이라 인간관계를 힘들어해서 걱정이다. 남편은 예술가가 될 성격이라며 걱정 하지 않는다. 사람이 각자의 성격대로 의미 처리하는 것이 놀랍다. 무한 긍정의 남편은 남편대로, 극강으로 예민한 딸은 딸 대로 의미 부여를 하며 자기 생각을 말한다. 딸을 키우면서 소극적인 성격이 안 좋다는 편견을 버리게 되고, 어려운 치료를 차분한 성격으로 극복한 아들을 보며 느린 것을 답답해했던 나의 태도를 바로잡는다. 성격은 좋고 나쁘다는 평가를 내릴 수 있는 항목이 아님을 아이들을 통해 깨닫는다. 가족의 여러 성격을 겪으면서 다양한 성격을 인정하고 나에 대한 부정적 감정을 내려놓는다.

가정 안에서 성격의 다양함이 존재하듯이, 사회에서도 서로 틀린 것이 아니라 다른 것임을 인정하고 평가하지 않기를 바란다. 외향적이고 긍정적 성격이 좋고 내향적이고 부정적 성격은 나쁘다는 프레임에 갇혀서 나를 바라보지 않고 아이들을 옭아매지 않겠다. 결국, 성격은 서로 맞으면 좋고 안 맞으면 나빠지는 것으로 의미 부여하는 생각으로 연결되어 좋거나 나쁜 관계로 변화한다. 이제는 성격을 평가하지 않고 나를 사랑하는 마음과 평안한 마음을 유지하는 삶을 계획한다.

백란희의 글

강한 외모
약한 내면

나는 일곱 살 때까지 할머니가 키웠다. 엄마는 아파서 아이 둘의 양육이 힘들었고 나만 할머니에게 맡겨졌다. 유아기를 할머니와 보낸 나는 할머니 생활 태도의 영향을 많이 받았다. 할머니는 항상 주변을 정돈하는 깔끔한 분이었다. 내 강박은 할머니의 영향이다. 아기 때 나는 얼굴에 보랏빛 혈관이 보일 정도로 하얗고 눈동자와 머리는 아주 밝은 갈색이었다. 그것이 맘에 들지 않았던 할머니는 당신의 흰머리 염색을 할 때마다 남은 검정 염색약을 내 머리에 발라서 검은 머리로 만들었다. 갈색 눈동자와 갈색 머리가 혼혈 같고, 엄마를 닮아서 좋아하지 않았다. 할머니는 엄마를 탐탁해하지 않았지만,

첫 손주인 나에게는 최선을 다해 사랑을 주셨다. 할머니가 해준 머리 염색은 내 외모에 대한 부정적 사고가 만들어진 첫 번째 기억이다.

초등학교 4학년 때 담임 선생님과 에피소드이다. 수업 시간 "우리 반에서 목이 가장 긴 학생이 누굴까?"라고 뜬금없는 질문을 했다. 아이들이 몇몇 아이를 추천했고, 한 친구와 내가 최종 후보에 올랐다. 내가 봐도 그 아이의 목이 길었는데 선생님은 내 편을 들었다. 그 당시 선생님은 우리 집 건너편 집에서 신혼살림을 시작했고, 엄마는 많은 도움을 주었다. 그 때문에 선생님이 내 편을 들었던 거 같다. 소풍이나 행사 때마다 엄마는 선생님께 촌지를 주었다. 엄마의 치맛바람과 그 기억은 매우 불편하고 좋지 않았다. 엄마의 사랑 표현이 잘못되었지만, 마음은 의심하지 않았다. 이후 난 어른들의 칭찬이 가식적이라고 느꼈다. 어쩌다 받는 외모 칭찬은 진정성이 의심되어 믿지 않았다.

엄마는 어린 나에게 관심이 많았고 예쁘게 해주셨다. 부르뎅 아동복이 나오기 전까지 엄마가 디자인한 옷을 양장점에서 맞춰 입어야 했다. 그 옷들은 활동적이지 못했고 내게 매우 불편했다. 신발도 운동화를 신고 싶었지만, 항상 딱 맞는 구두만 신게 했고 운동화를 신은 친구들이 부러웠으며 달리기를 잘하지 못해서 짜증이 났다. 나를 통해서 엄마는 대리

만족했는지 인형 놀이를 했는지 모르겠다. 멋 부리며 도시 여자로 살던 엄마는 결혼 후 시골로 이사 와서 할머니의 시집살이와 시골 생활로 힘들어했다. 엄마의 대리만족으로 입었던 옷들이 매우 불편했다는 기억만 남아 있다. 시골에서 그 옷을 부러워하는 아이들은 나에게 친절했고 그 덕에 약한 내면을 들키지 않을 수 있었다.

사춘기가 시작되면서 나의 외모는 변해갔다. 상체는 엄마를 닮고 하체는 아빠를 닮았다. 아빠는 엉덩이와 허벅지 근육이 단단한 분으로 그 유전자를 받아서 나의 엉덩이와 허벅지가 굵어졌다. 어느 여름날 아빠 친구 부인이 우리 집에 방문했다. 그분은 마루에 서 있던 내 옆 모습을 보시더니 엉덩이가 나왔다며 핀잔을 주었다. 나는 그 이후로 엉덩이가 드러난 윗옷을 입어 본 적이 거의 없다. 사춘기 아이들에게 외모 지적은 절대로 하면 안 된다. 그것은 오랫동안 마음속 콤플렉스로 남게 된다. 갱년기가 된 지금은 이 근육들이 그나마 내 건강을 지켜주고 있어 더 이상 콤플렉스가 아닌 감사함이다. 이제는 어떤 상황이든 부정에서 긍정으로 생각을 전환하는 힘이 나에게 있다.

대학 생활도 변화는 없었다. 항상 입을 꾹 다문 채로 살았다. 웃음과 행복은 사치 같았고 내 앞에 닥친 현실적인 문제들을 헤쳐 나가야 했다. 외모를 가꾸거나 멋을 부리는 일은 사치였다. 가끔 드라마에서 비슷한 상황을 볼 때면 감정 이입이 되곤 한다. 직장인이 된 나는 가장이었고, 외모 꾸미는 일은 엄두도 낼 수 없었다. 가장 부러운 사람은 돈 벌어 자기에게 쓰는 동료들이었다. 힘든 사회생활에 내 표정은 더 딱딱하고 차가운 사람으로 변해갔다. 20대의 나는 약한 내면을 강한 외모와 무뚝뚝함으로 무장하고 있었다.

결혼 후 10년이 지나고 다시 병원 생활을 했다. 나는 많은 옷과 가방, 신발을 원하는 대로 구입했다. 물론 가계에 부담이 안 되는 정도로 소비했다. 몇백 몇천 하는 사치품을 사지는 않았지만, 못해본 사치를 이때 맘껏 해봤다. 그러나 남은 것은 많은 옷과 가방, 신발을 버려야 하는 일거리와 허무함이었다. 물건이 주는 기쁨은 길지 않았다. 겉모습에 신경쓰기보다 내면에 집중하는 일이 필요하다는 생각이 들었다. 비교하는 순간 마음에 욕심이 차고, 겉모습에 치중하는 순간소비 욕구가 샘솟는다. 많은 옷과 가방, 신발을 버리면서 진짜 필요한 게 무엇인지 생각했다.

갱년기를 지나면서 내 외모는 점점 엄마를 닮아 간다. 노안으로 안경 쓰고 있는 모습이 거울에 비칠 때면 엄마가 있는 것 같아 흠칫 놀란다. 나이 들어도 여전히 외모가 신경 쓰이지만, 갱년기 전후로 관심이 덜하다. 노년기로 가는 길목임을 인정하고 받아들일 준비를 한다. 처음 흰 머리를 발견했을 때 뽑고 염색하느라 바빴다. 지금은 흰머리 한 올도 소중할 만큼 머리가 빠져서 뽑지 않고 염색도 하지 않는다. 강한 느낌을 주던 외모도 중력의 법칙으로 처지다 보니 순한 얼굴이 되어 간다. 세월은 연약함을 들키고 싶지 않아 강한 외모 속에 숨어 산 나의 내면을 끄집어낸다.

세월은 여기저기 아프고 고장 난 몸을 갖게 하지만, 내면을 깊게 해주는 감사한 시간의 집합이다. 나이 들어감이 감사하고 기쁘다. 어린 시절 마구 흔들리던 감정이 이제는 덜 하고, 외모 신경도 덜 쓴다. 삶의 중 후반 지점에서 집중하는 나를 보는 것이 즐겁다. 강렬했던 눈빛은 쳐진 눈꺼풀로 인해서 순해지고 입 다물고 있으면 화가 났냐고 묻던 일도 줄어든다. 환경과 삶의 시간이 외모 콤플렉스를 해결해 준다. 여린 내면을 보호하기 위해 외모로 강하게 무장했던 노력을 내려놓고, 이제는 나의 노년을 준비 중이다.

백란희의 글

비교 심리

인간의 비교 심리는 자의식을 형성하는 과정에서 본능적으로 타인을 의식하고 비교해서 분류하고 싶어 하는 욕망이다. 인간의 사회적 정체성은 자기 인식에 큰 영향을 미치고, 자의식을 형성하는 과정에서 본능적으로 타인을 의식한다. 그 과정에서 우리는 특정한 기준으로 주변 상황을 타인과 비교한다. 비교는 대부분 불행을 가져온다고 생각하지만, 긍정적인 부분도 있다. 성공한 사람들과 상향 비교를 통해서 그들의 조언을 받아들이고 미래를 위해 현재의 고통을 감수할 수 있기 때문이다.

인간은 상황 속에서 기준을 만들고 분류하는 본성 때문에, 사회의 일원으로 살면서 비교하거나 당하지 않겠다는 마음은 본능을 거스르는 아이러니이다. 비록, 비교 욕구가 자아소실 감을 만들더라도 비교는 우리 삶의 요소 중 하나이다. 나 스스로 하는 비교는 자존감을 저하하지만, 남이 나에게 하는 비교는 차별이다. 한 사람을 비교하는 행위가 대상 집단이 커지면 인종 차별 같은 사회 문제가 된다. 한낱 비교의 행위가 차별이라는 거대한 사회문제로 진화할 수 있다.

인간은 누구나 자기표현의 욕구가 있지만, 부정적인 비교는 보여주기 위한 거짓 행복이다. 비교하더라도 나쁜 결과의 영향을 받지 않고 출발하는 것은 진정한 행복이다. 행복이란 단어는 내 일상에 존재하지 않았다. 사춘기부터 시작된 비교 심리는 내 성향을 부정적으로 구축했다. 기본적 환경이 행복하지 않아서 그 영향이 내게 스며 들었다. 가정적이지 않았던 아버지 때문에 앞집 아이의 아버지를 부러워했다. 그는 자신의 아이들과 잘 놀아주었고, 그 다정함이 부러웠다. 나의 첫 비교 심리 대상이 아버지와 앞집 아저씨였다. 비교를 통해서 행복과 불행을 알아버린 첫 경험이었다.

내가 고등학교 2학년 때까지 우리 집은 경제적 어려움이 없었다. 그러다 고3 때 집에 빨간딱지가 붙고 우리 집이 붕괴되는 정신없는 시간이 찾아왔다. 아버지가 운영했던 치과가 문을 달았다. 아버지는 치기공과 일을 하다가 치과 의사를 고

용해서 치과를 개업했다. 친구, 술, 여자, 노름을 좋아했던 아버지의 사업은 6년 만에 문을 닫았다. 같은 업종의 아버지 친구는 승승장구했다. 이때부터 우리는 가난해졌고, 엄마와 아버지는 따로 살았다. 경제적인 어려움에 나는 위축되고 고립되었다. 아직도 아버지를 이해할 수 없고, 삶을 깃털처럼 가볍게 살다 가셔서 안타깝다.

플로리다에서 상대적 박탈은 정점에 다다랐다. 유복한 집에서 유학 온 부부들이 많았고, 그들과 친해질수록 비교하는 마음이 커졌다. 남편과 나는 경제적 문제로 많이 다퉜다. 학생 아파트에서 매일 가계부를 쓰며 살았던 4년은 잊을 수 없었다. 한국에 돌아온 후 짐을 챙기다 발견한 가계부를 쓰레기통에 던져버렸다. 그 시간을 기억하고 싶지 않았고 잊고 싶었다. 나만 경제적으로 부족해서 고민하는 것이 싫었다. 타인과 비교하는 순간 기준이 흔들리고 혼란스러워져서 판단력이 흐려졌다. 지금은 알고 있는 나의 소중한 재산이 그때는 보이지 않았다.

다시 돌아간 한국에서 숨 쉴 틈 없이 치열하고 바쁘게 살았다. 돌이켜보니, 우리 가족은 각자의 자리에서 따로 살았다. 남편과 나는 직장 생활에 바쁘고 아이들은 학교와 학원 생활로 바빴다. 그렇게 사는 것이 맞춰가며 튀지 않고 사는 방법이었다. 이 시기 비교 대상이라면 아파트 평수뿐이었다.

미친 듯이 일해서 50평 아파트로 이사 갔을 때 뿌듯했다. 집은 컸지만, 가족이 모두 모이는 일은 드물었다. 큰 집으로 이사 한 후 집에서 느낄 수 있는 따스함은 더 줄었다. '나 어디 살아요'가 행복의 기준이 될 수 없다. 잠시 과시의 유혹에 빠져있던 시간이었다.

캘리포니아로 이주한 후 나는 달라졌다. 아들이 아파서 많은 것에 욕심내지 않고 내게 주어진 것에 감사하며 살았다. 그런 마음으로 살다 보니 많은 일이 순조롭게 풀려갔고, 한국에서 쫓던 돈도 욕심을 내려놓으니 따라 왔다. 아들도 시간은 걸렸지만, 몇 년 전에 다 나았고, 두 아이 모두 대학을 졸업했다. 자신의 길을 찾을 거라 믿으며, 내가 할 수 있는 일은 그들을 위한 기도 뿐이었다.

2년 전부터 여유 있는 시간을 교회에서 봉사하고 있다. 예배 시간 동안 자폐가 있는 아이들과 함께 시간을 보내며 그들이 원하는 대로 지켜봐 주면 되는 일이다. 일요일마다 아이들과 대화가 없다 보니 봉사자들끼리 수다가 길어졌다. 그녀들의 명품 가방 얘기를 처음 들었을 때, 내게 미치는 영향이 크지 않았다. 그러나 이야기가 반복될수록 피로도가 높아졌다. 명품 가방과 가격의 불균형이 이해되지 않았지만, 같은 수다가 반복될수록 호기심에 흔들렸다. 나 역시 작년 겨울 결혼 25주년 선물로, 남편으로부터 명품 가방 한 개를 받았다.

좋은 기분은 잠깐이었다. 갖고 싶은 욕망에 소비했지만 가져 보니 허무했다. 잠깐의 기쁨을 사기에 너무 큰 돈을 지불했다.

가방에 대한 호기심으로 생긴 나의 흔들림과 비루한 가방에 많은 돈을 지급한 행동을 후회한다. 타인의 기준에 흔들리지 않고 내 기준으로 생각하고 행동하며, 그들과 나의 부를 비교하지 않는 내면의 굳건함이 필요하다. 소유하고 비교하는 욕망으로부터 자유로울 만큼 평안한 내면 구축을 위한 책 읽기는 내게 필수임을 다시 한 번 자각한다.

백란희의 글

Waiting time, 2017. 병원에서 치료 기다리는 아들

시니어 노마드로
살아가고 싶습니다

나는 직장에서 퇴직한 지 2년이 되어 간다. 임금피크제를 선택하지 않고 5년 일찍 나왔다.

정년보장 대신 임금을 단계적으로 삭감하는 임금피크제 선택을 앞두고 일말의 고민도 하지 않았다. 한때 돈을 많이 벌어야 행복할 수 있다고 믿었다. 돈이 불행을 최소화할 수 있는 필요조건은 될 수 있을지언정, 돈이 많다고 행복한 게 절대 아닌데도 말이다. 따박따박 통장에 찍히는 월급 노예가 되어 34년의 인생을 직장에 바쳤다.

평사원 초년 시절에는 일에 대한 애착과 소명을 갖고 즐겁게 일했다. 연차가 쌓이고 직급이 올라가며 원하지 않는 일을 해야 했다. 때로는 상사, 동료와의 인간관계 속에서 잠을 설치며 괴로워했다. 그런데도 나는 십수 년을 눈치 보며 꾸역꾸역 출근과 퇴근을 반복했다. 성실 근면한 일개미가 일 잘하는 사람으로 인정받기 위해 고군분투하면서.

'왜 나는 그렇게 직장에 매달렸을까? 때려치우면 그만인데….' 밥벌이로서 돈이 가져다주는 안락함을 포기하지 못했기 때문이었다. 번듯한 직장에서의 안정적인 자리에 젖어가며 그 기득권을 놓기 어려웠다. 사회의 일원으로 소속감을 느끼며 쓸모 있는 일을 한다는 착각에 빠져 있었다.

회사 마지막 출근 날, 오랫동안 열심히 일한 나의 퇴사를 축하해 주는 직장동료, 가족, 친구 등 많은 사람 속에서 만감이 교차했다. 애써 참았던 눈물을 흘렸지만 홀가분했다. 회사와 집을 분주하게 오가며 시간의 굴레에 묶여 살았던 삶에서 이제는 자유로운 삶을 살 수 있겠다는 희망이 나를 들뜨게 했다. 어디에도 얽매이지 않고 마음 가는 대로 원하는 것을 할 수 있다는 사실이 기뻤다.

워킹맘으로 가족과 직장을 위해서 살다 보니 정작 나를 위해서 무엇을 어떻게 하며 살아야 할지 막연했다. 다만, 나의 세컨드 라이프(Second Life)는 퇴직 이전과 다르게 살아야겠다는 마음은 분명했다. '나는 어떤 사람이지?, 무엇을 잘

하지?, 좋아하고 싫어하는 것은?, 당장 하고 싶은 게 뭐지?'
를 질문하며 찬찬히 나를 들여다보기 시작했다.

어느 날 알고리즘에 의해 뜬 유튜브 영상 하나가 눈에 들어왔다. 내가 즐겨보던 tvN 채널 〈유 퀴즈 온 더 블럭〉에 출연한 이소은 씨 이야기였다. 가수에서 뉴욕 변호사로 전향해 활동하고 있는 그녀는 로스쿨 입학시험에 실패했을 때, 어머니로부터 "딸, 너의 실패를 축하한다."라는 카드를 받았단다. 처음에는 황당했으나 오늘의 실패가 내일의 기회로 다가오는 성장의 밑거름이 된다는 것을 깨우쳤다고 한다. 그녀는 그 뒤로 실패 이력서를 써왔다는데, 실패라기보다는 시도해 본 이력서에 더 가까웠다고 한다. 실패해도 재도전한 경험을 자랑스러워하는 그녀를 보고 나는 '실패는 실패가 아니다.'라는 것을 배웠다.

인생 전반기를 되돌아보며 노트북에 실패 이력서를 적어보았다. 대학 진학 시험을 망쳐 점수에 맞춰 대충 입학한 것, 직장에서 남자 직원과 경쟁해 승진에 밀린 것 등 아픈 기억을 떠올리며 써 내려갔지만 반 페이지를 넘지 않았다. 의외로 큰 실패 없는 인생이었다. 내가 실패가 적었던 것은 실은 실패가 두려워 도전하길 기피 했던 게 아닐까? 하고 싶은 일은 많았으나 시작조차 하지 않았었다. 온실 속 화초처럼 자라 잡초 같은 생명력이 없었고, 변화가 싫어 보수적으로 살았으며 게 으르기까지 했다. 더 이상 그렇게 살고 싶지 않았다.

'내 생애, 꼭 하고 싶은 가슴 떨리는 것들이 뭐가 있을까?' 하고 헤아려보니 버킷리스트가 10가지가 넘었다.

1. 일 년에 한 달씩 한 도시 살아보기
2. 그림 배우고 전시회 개최하기
3. 댄스 배우고 공연하기
4. 다른 나라 언어 배우기
5. 보디 프로필 찍기
6. 낭독 봉사하기
7. 가족사진 찍기
8. 책 쓰고 작가 되기
9. 디지털금융 강사 되기
10. 오디오 크리에이터 도전하기
11. 시니어 모델 도전하기

"행동으로 인생이 바뀌는 것이지, 행동을 생각하는 것으로 인생이 바뀌지 않는다. 실제로 당신이 당신의 행동과 긴밀하게 연결되면 마법 같은 일이 일어난다." 나를 움직이게 한 책, 개리 비숍의 《시작의 기술》에 나오는 문장이다. 원하는 것을 이루고 싶다면 행동해야 한다. 일단 시작하고 실패해도 다시 도전하는 사람이 되어보려고 한다.

　내년이면 대한민국은 '초고령사회'로 진입한다. 이는 전체 인구 약 20% 이상이 65세 이상 고령인구가 되는 상황을 의미한다. 100세 인생이 가능하다는 얘기다. 아직도 살아갈 날들이 많이 남아 있어 후회 없는 노년의 삶을 대비해야 하는 이유이다.

　나의 세컨드 라이프는 나와 세상에 대한 호기심을 채우며 자유로운 시니어 노마드(Senior Nomad)로 사는 것이 목표다. 노마드는 떠돌아다니는 유목민을 의미한다. 통상 디지털 노마드(Digital Nomad)라고 하여 이는 노트북 등 디지털 기기를 잘 다루며 장소에 구애받지 않고 일하는 사람을 의미한다. 시니어 계층의 디지털 노마드를 줄임말이 시니어 노마드다. 퇴직 후 디지털 튜터(Digital Tutor)와 정보기술자격(ITQ) 증을 취득했다. 지난해는 서울시와 과기부 등에서 주관하는 디지털 배움터에서 디지털 기기 사용에 취약한 시니어를 대상으로 교육을 지원하는 서포터즈로 일했다. 9개월간 일하며 큰 보람을 느꼈다. 나이 들어갈수록 급속도로 변화하는 디지털 기술에 소외되면 일상생활 자체가 불편하고 독립적으로 살아가기 힘들어진다. 삶의 질이 떨어질 수밖에 없다. 그래서 나는 배웠고, 배운 것을 나누기 위해 시도했다. 올해부터 글쓰기와 영어 공부도 시작했다. 시니어 노마드로 살아가는 데 필요한 것을 차근차근 준비하고 있다. 시니어 노마드가 되어 버킷리스트를 하나둘씩 이루어 가는 모습은 열정 넘치는 즐겁고 멋진 인생이다. 상상만 해도 기분 좋다. 비록 해보고 싶은 것을 시도하는 과정에서 실패하더라도 실망하지 않고 재도전할 자신이 있다. 내 인생 후반부는 실패 없는 깨끗한 이력서가 아닌 실패 이력서를 꾸준히 쌓아가는 당당한 시니아 노마드로 살아가는 것이다.

송혜정의 글

너를 읽고
너를 씁니다

나는 금융 계통의 첫 직장에서 금융경제연구소 소속 전문
도서관 사서로 근무했다. 대학을 졸업하자마자 전공을 살려,
운 좋게 입사한 회사에서 신명 나게 일하고 싶은 의욕으로 가
득 찼다. 그러나 내가 맡은 일은 학창 시절 막연히 생각한 것
과 거리가 멀었다. 책이 늘 가까이 있어 마음만 먹으면 쉽게
읽을 수 있다고 생각했었다. 소장 도서는 국내외 금융·경제·
경영 전문 서적 위주로 구성되어 있었고 회사 내부 및 회원사
임직원의 조사연구 지원이 주된 업무였다.

사서로서 나는 책 읽기를 권하는 일을 업으로 하며 수많
은 책 표지, 책등, 책날개에 집착했다. 그러나 내 옆에 쌓여

있는 책들을 보며 마음이 불편했다. 해야 할 일들에 치여 읽고 싶은 책을 깊이 있게 들여다보지 못했다. 직업 특성상 넓고 얕은 지식만을 쫓다 보니 어느 순간 속 빈 강정처럼 쭉정이만 남은 느낌이었다. 이용자에게 좋은 책을 읽을 기회를 제공하기 위해 나름의 안목으로 책을 선정해 사고 읽기를 권했던 내가 정작 나 자신을 위한 책 읽기는 게을리했다. 내게 미안했다.

퇴사 후에야 책을 제대로 읽기 시작했다. 시간의 자유를 얻고 아무런 제약 없이 마음 편히 읽는 호사를 누렸다. 도서관과 서점을 찾아 나를 위해 책을 고르고, 읽고, 감상을 쓰는 적극적인 독서 행위를 실천했다. 책 읽기는 저렴한 비용을 지불하고 나에게 줄 수 있는 가장 효용가치 높은 선물이었다.

《1일1페이지, 세상에서 가장 짧은 심리 수업 365》,《1페이지 철학 365》,《1페이지 미술 365》 등을 읽어 나갔다. 하루 한 페이지 분량일지라도 결코 가볍지 않은 내용이어서 누군가와 함께 읽고 나누고 싶었다. 그럴 즈음 SNS에서 소통하고 지내던 한 지인(비타(vita))으로부터 새로 만드는 독서 모임에 참여 제안을 받았다. 책 벗이 필요하던 차에 같은 책을 읽고 소통하는 책 읽기를 하게 되어 반가웠다. 책은 혼자 읽고 덮는 것보다 여럿이 함께 읽고 나눌 때 배움의 효과가 갑절로 늘어난다. 일례로 내가 미처 생각하지 못한 부분을 다른 사람의 의견을 들으며 뇌가 말랑해지는 경험을 했을 때다.

'책과 글이 소중한 사람들' 일명 '책글소'는 회원 여섯 명이 모인 소모임으로 2년째 참여하고 있다. 1년 넘게 매주 책한 권을 읽고 목요일 저녁 시간에 구글 미트(Google Meet)에서 만나 이야기를 나눈다. 다양한 분야의 책을 고루 선정하여 읽는다. 최근에는 격주로 만나 한 번은 독서 토론, 그다음 번에는 글을 쓰고 낭독하는 경험으로 확장하고 있다. 회원 각자가 하는 일이나 나이, 개성은 달랐으나 책에 모두 진심이다. 감성의 결이 비슷하여 잘 맞는다. 다정한 안부로 시작해 책 이야기를 깊이 나누다 보면 서로에게 눈 녹듯 녹아들어 어느새 한 시간이 훌쩍 넘어간다. 때로는 가슴 깊숙한 속내를 드러내며 눈물을 보이고, 어떤 때는 소리 내어 활짝 웃을 수 있는 따뜻한 모임이다. 진심으로 공감과 격려가 이루어지는 행복한 시간이다. 이외도 나는 한 달에 한 번씩 만나는 독서 모임도 있다. 블로그를 운영하는 모임에서 만나 가까워진 지인과 둘이 모여 오붓하게 책을 읽는다. 적당한 지적 자극을 주고받으며 긴밀하게 교감할 수 있어 좋다.

기업가 짐 론은 "당신은 가장 많은 시간을 보내는 다섯 명의 평균이다."라고 말했다. 내가 자주 만나는 사람의 평균값이 바로 나라면, 나는 이미 나보다 훌륭한 사람들과 관계

맺기에 성공했다는 자부심이 있다. 매일 책을 읽으며 저자와 대화하고 독서 모임 회원들과 만나 가치 있는 시간을 보낸다. 그들로부터 강한 긍정에너지와 선한 영향력을 받는다. 나날이 성장하는 사람이 되어간다.

책을 읽으며 새로운 지식을 알게 되는 기쁨이 커져만 갔다. 책을 읽고 있지 않았을 때는 모르는 게 많다는 사실조차 몰랐다. 읽으면 읽을수록 배워야 할 것이 많았다. 내 삶에 적용해야 할 당위성이 생겼다. 무엇보다 이 나이 되도록 내가 나를 잘 몰랐다는 것을 깨닫고 진정으로 원하는 것이 무엇인지 읽어보려고 애썼다. 내 안에 깊숙이 잠자고 있던 욕망이 일어섰다. 그것은 쓰고 싶다는 것이었다. 솔직 담백하게 나의 감정과 느낌을 표현하고, 내 일상의 소중한 순간들이 휘발되는 것을, 놓치지 않고 남기고 싶었다. 나의 건강한 욕망을 알게 되었으니, 이것이야말로 책 읽기의 최대 소득이었다.

내 인생 전반기를 마무리하고 후반기 새출발을 위해 시동을 켜고 전진 중이다. 읽은 책이 쌓일수록 예전과는 달리 점점 더 깊어진 눈빛으로 세상을 바라볼 수 있게 되기를 바란다. 책과 함께하는 내 인생이 어떻게 변화할지 기대가 크다. 내 나름의 속도와 방향대로 여유 있게 천천히 걸어 나갈 것이다.

내 앞에 펼쳐질 세상이 궁금하다. 그 세상이 푸른 바다라면 지루할 정도로 고요한 날이, 또는 사나운 해일과 파도가 치는 날도 있을 것이다. 어느 날에는 잔잔한 물결 속에 빛나는 윤슬과도 같은 찬란한 날도 있을 것이다. 내가 책을 읽고 쓰는 것을 멈추지 않는 한, 책은 빛을 밝혀주는 등대처럼 나에게 삶의 지혜와 행복을 안겨줄 것이라 믿어 의심치 않는다.

송혜정의 글

당신이 잘 있다면
좋겠습니다

3년 전 친정아버지가 돌아가셨다. 덩그러니 혼자 남은 엄마를 생각하면 마음이 저렸다. 엄마는 한동안 혼자서도 잘 지내시는 듯 보였다. 일주일에 나흘씩 반나절 요양보호사가 방문하여 몸이 불편한 엄마의 일상생활을 돕고 말동무가 되어주었다. 시간이 흐를수록 엄마의 외로움은 그 깊이를 더해갔고 밤의 적막함을 견디기 힘들어하셨다. 빈집에 혼자 있으면 고독은 피할 수 없기에 두 오빠네와 내가 번갈아 들린다 해도 혼자 지내는 긴 시간이 엄마에게는 고통이었다.

2년 전 큰 조카가 결혼하면서 엄마는 살던 집을 신혼집으로 내어주고 큰오빠네와 살림을 합쳤다. 집안의 온기를 느끼자, 표정이 한결 밝아지셨다. 몸 구석구석 안 아픈 곳이 없을 정도로 침대 한쪽에 복용해야 할 약봉지를 수북이 쌓아두고 계신 엄마는 각종 노환에 시달리셨다. 우울증과 무기력증이 두드러졌다. 지난해에는 종종 사실이 아닌데 실제 일어난 일처럼 믿고 화를 내시는 망상 증세까지 보이셨다. 다행히 그 증상이 요즘은 없어지셨지만, 나는 엄마의 노년을 지켜보며 슬프고 안타까웠다. 가슴이 답답해져 남몰래 깊은 한숨을 내쉴 때가 많다.

내가 찾아가면 엄마는 방 안 침대에 앉아 드라마를 보고 계신다. 묵주기도를 하고 계실 때를 제외하곤 온종일 리모컨을 눌러 채널을 바꾸며 보고 또 보신다. 주로 역사드라마를 좋아하시는데 가장 즐겨 보시는 드라마는 사극 〈동이〉로 열 번을 넘게 보셨다. 캐릭터에 감정 이입해 흥분하시거나 내게 줄거리를 들려주며 시청 소감을 곁들이기도 하신다. 엄마는 무릎관절 수술 후 거동이 불편해지자 외출하길 주저하신다. 집안에서조차 방안에만 계시니 점점 다리에 힘이 빠져 넘어지시기 일쑤다. 걷기에 자신 없어 무료한 시간을 달래 줄 드라마에 더 집착하신다.

그런데 몸과 마음이 아픈 엄마는 아직도 병들고 노쇠한

당신 걱정보다 내 걱정이 앞선다. "밥은 잘 챙겨 먹었니?, 오늘은 왜 이렇게 얼굴이 반쪽이니?, 통통하게 살 좀 찌면 좋겠다." 나를 볼 때마다 근심 어린 표정으로 안색을 살핀다. 엄마 눈에는 작은 체구에 마른 편인 내가 아들 둘 키우며 오랫동안 직장 일하랴, 집안 살림하랴, 애쓰는 모습이 애처로워 보였던 게다. 지금은 아이들이 다 크고 일도 그만두었지만, 여전히 내 걱정이다. 엄마는 자식 앞에 늘 노심초사하며 애끓는 존재다. 어느덧 내 모습에서 엄마의 모습을 발견한다.

내가 좋아하는 정여울 작가의 《1일 1페이지, 세상에서 가장 짧은 심리 수업 365》에 이런 문장이 있다. "사랑이란 이렇다. 누군가가 혹시나 아플까 봐, 누군가가 혹시나 슬플까 봐 항상 곤두서 있는 마음. 그 마음이 결코 아깝지 않은 마음, 내가 사랑하는 누군가를 하염없이 기다려도 힘든지조차 모르는 마음. 내가 사랑하는 누군가가 조금이라도 아픈 것 같으면 도무지 일이 손에 잡히지 않는 마음. 그런 따스한 마음의 온도와 가녀린 배려의 손길이 모여 우리의 오늘을 만들어 가고 있는 것이었다." 나에 대한 내 엄마의 사랑이자, 내 자식에 대한 나의 사랑이 고스란히 표현되어 있어 종종 펼쳐 읽는다.

나는 평생 내 걱정으로 손에서 묵주를 놓지 않고 기도하시고, 내 아이 둘을 나보다도 더 헌신적으로 돌봐주신 엄마의 사랑과 희생을 당연한 듯 받기만 했다. 엄마의 마음을 잘 헤아리지 못했고 감사하다는 표현에 인색했다. 이제라도 엄마가 힘들어하실 때 따듯하게 손잡아드리고 '얼마나 아프신지', 괜찮다고 하시면 '정말로 괜찮은지' 물어야겠다. 늦었지만, "고마워요. 그리고 사랑해요."라고 다정하게 말할 줄 아는 딸이 되어야겠다.

'당신이 잘 있다면 좋겠습니다.' 가만히 혼잣말을 되뇌며, 엄마의 남은 삶은 더 이상 아프지 않기를, 평안하고 행복하기를 간절히 바란다. 베란다 창문 밖은 꽃들이 만개한 화사한 봄날이다. 햇살이 따뜻한 날에 집안에만 계신 엄마를 바깥출입 할 수 있게 도와드려야겠다. 이번 주 일요일에 엄마와 성당에서 미사를 볼 수 있었으면 좋겠다.

송혜정의 글

각자도생하는 부모 자식이 행복합니다

나는 아날로그 세대라 디지털 매체보다 종이책이나 종이 신문을 선호한다. 매일 습관처럼 아침 식사가 끝나면 신문을 뒤적이곤 하는데 며칠 전 사진 한 장이 눈에 들어왔다. 어른의 두 손이 앙증맞은 아기의 조그마한 두 발바닥을 조심스럽게 감싸 안은 사진이다. 가슴이 뭉클하다. 사랑과 기쁨, 두려움과 걱정 등 양가감정을 느끼며 키운 두 아들의 어린 시절이 떠오른다.

혼자 힘으로는 아무것도 할 수 없는 나약한 존재인 아기는 성장할 때까지 부모의 돌봄이 절대적으로 필요하다. 아기는 부모와 물리적인 차원뿐만 아니라 정서적, 심리적 측면에서 밀접한 보호와 유대관계를 맺으며 자라야 한다. 내 아이들도 예외는 없다. 나와 남편은 관심과 사랑으로 아이들을 최선을 다해 키웠다고 자부했다. 그러나 턱없이 부족했다.

여성에게 모성 본능의 기대와 돌봄 역할 전담이 당연한 우리 사회 분위기에서 직장 다니며 아이를 키운 나는 전전긍긍하며 처음 해보는 엄마 노릇에 힘겨워했다. 내가 필요한 아이 곁에 항상 같이 있을 수 없어 불안했고 죄책감을 느꼈다. 아이와 함께하는 시간의 양보다 질이 중요하다고 자위했으나 퇴근하고 집에 돌아오면 피곤함에 지쳤다. 마음만큼 정성을 다하지 못할 때가 많았다. 다행히 낮에는 친정 부모님이 나의 빈자리를 대신해 아이들을 살뜰히 챙겨 주셨다.

큰아들은 맞벌이 가정 장남답게 의젓하고 나이에 비해 조숙하게 자랐다. 뭐든 잘하려고 애쓰는 모습이 역력했다. 그런 아들이 고등학교 2학년 때 남편과 들린 포장마차에서 술을 배운 날, "어릴 때 아침마다 일어나면 엄마와 헤어져 할아버지, 할머니 집에 맡겨지는 게 너무 싫었어요. 다른 아이들처럼 엄마랑 같이 있고 싶었어요."라고 가슴에 묻어둔 속내를 털어났다.

아들은 자라면서 한 번도 이런 말을 하거나 내색한 적이 없었다. 엄마가 힘들까 봐서 혼자 삭이고 감당했다. 남편으로

부터 이 말을 전해 듣고 나는 목이 메었다. 예민하고 감성적인 아이가 얼마나 상처받고 외로워했을까를 가늠하자 가슴에 쓰린 통증을 느꼈다. 아무리 외조부모가 잘 돌봐준다 해도 어린 아들에겐 엄마의 부재가 힘들었으리라.

나는 직장 다니면서 임신, 출산, 양육을 겪으며 나만 가족을 위해 희생했다고 생각했다. 그러나 아니었다. 두 아들은 성장 과정에서 크고 작은 일을 겪으며 스스로 참고 견디며 책임지려고 했다. 독립적으로 잘 자랐으나 정서적으로는 부모와 자식 간에 마음과 감정을 함께 나누어야 할 순간들을 많이 놓친 것 같아 안타깝고 후회스럽다. 아이들과 틈만 나면 대화의 시간을 갖고 공감하고자 노력했으나 절대적인 시간이 부족한 것은 사실이었다.

《트렌드코리아 2024》의 내용을 보면 10대 트렌드 키워드 중 하나인 '요즘남편 없는아빠'라는 용어가 나온다. 아들을 둘이나 둔 기성세대다 보니 관심이 큰 키워드라 흥미로웠다. 전통적인 성역할의 경계가 흐려지면서 요즘 신세대 남성은 육아나 살림을 자처하는 분위기다. 점차 평등한 관계의 부부 중심으로 바뀌고 있다. 나는 최선을 다해 행복을 추구하려는 젊은 세대를 응원한다. '그렇다면 신세대에게 부모는 어떤 대상일까?, 열외일까?' 각자 살길을 찾아야 생존할 수 있는 각자도생의 시대가 오고 있다. 자식은 자식 대로 부모는 부모 대로 서로 의지하지 않고 스스로 잘 살아가야 수평적이고 성숙한 관계로 발전할 수 있다고 생각한다.

어느새 훌쩍 커버린 두 아들을 바라보면 대견하고 자랑스럽다. 무탈하게 잘 자라주어서 고맙다. 둘 다 사회초년생이다. 큰아들은 지난해 말 결혼하여 새 가정을 꾸린 지 7개월째다. 신혼부부답게 서로 챙기고 위해주는 모습이 예쁘고 사랑스럽다. 작은아들은 지난해 입사한 직장이 집에서 멀어 독립했다. 자식이 부모의 둥지를 떠나 완전히 독립을 이루었건만 홀가분한 마음보다는 가슴 한구석이 허전하고 쓸쓸했다. 아이들 앞에서 내색하진 않지만, 신경 쓰이는 것은 어쩔 수 없다. 일단 연락이 뜸하면 궁금했다. 식사는 거르지 않고 잘 챙겨 먹는지, 어디 아픈 데는 없는지, 회사 생활은 힘들지 않은지, 두루두루 안부를 묻고 싶지만, 입 밖으로 나오려는 말을 애써 눌렀다.

올해 초 《행복한 이기주의자》라는 책을 읽었다. 작가 웨인 다이어는 "동물의 왕국 어디에서든 어미 노릇이란 새끼들이 자립하는 데 필요한 기술을 가르친 뒤 새끼 곁을 떠나는 것을 의미한다."라고 했다. '사람도 동물이건만 나는 어미 노릇을 제대로 했나?' 되돌아보게 했다. 나도 이 책 속에 인용한 어미 곰처럼 격주 토요일마다 집에 다녀가라고 종용하지도 않고, 배은망덕하다고 꾸짖지도 않고, 실망하게 하면 속상해 몸져누울 것이라고 으름장을 놓지도 않았다. 어미 곁을 홀홀 떠나라고 응원했다. 하지만 왜 생각과는 달리 간혹 섭섭한 감정이 들었을까? 내 마음을 깊이 들여다보니 아직도 아이를 품 안에서 놓지 못하고 있었다. 아이만 자립시킬 게 아니라 나도 아이에 대한 소유와 집착을 버리고 떠나보내야 했다. 큰아들 내외는 한 달에 한 번 작은아들은 매주 본다. 만나면 그저 반갑다. 자주 만나지 못하더라도 기다리지 않기로 했다.

《해방의 밤》을 쓴 은유 작가가 유자녀 여성의 삶이 밥에 묶인 삶이라 했지만 그래도 나는 좋다. 내가 아이들에게 해줄 수 있는 것이 구수한 청국장에 고등어를 구워 따뜻한 밥 한 끼 차려 내주는 것이라면 얼마든지 하고 싶다. 배불리 먹는 모습을 보는 것으로 족하다. 가끔 밑반찬 몇 가지 챙겨 차에 실어주는 것은 덤이다. 이것이 성가실 때는 외식을 해도 좋다. 자식과 함께하는 횟수보다 시간의 밀도가 소중하기 때문이다.

아이들을 만나면 즐겁고 떠나면 오롯이 내 삶에 충실해지려고 한다. 엄마의 역할 이외에 자신만의 인생을 의미 있게 보내느라 바쁘고 당당한 모습은 내 아이들에게도 좋은 본보기다. 내가 생각하는 어미 노릇 제대로 하는 법은 자식을 사랑하고 응원하되 의존하거나 기대하지 않은 채 자기 행복에 최선을 다하는 것이 아닐까 싶다. 자식도 마찬가지다. 이렇게 각자도생하는 부모 자식이 행복하다.

송혜정의 글

나의 취미는
공부입니다

"인생 2막은 매일이 마음 따스하고 상쾌하면 된다. 그게 제일이다. 하루하루를 소중히, 마음 가득히 채워지는 날로 만들어 가자. '배움'은 그런 나날을 가져다주는 가장 탁월한 방법이다." 대그 세바스찬 아란더의 《스웨덴 인생 노트》에 나오는 이 글이 나를 배움의 길로 인도했다.

나는 50대 중반이 넘어서도 노년의 내 모습을 그려보는 것을 피했다. 건강하지 못한 부정적인 노인의 이미지가 떠올라 두려웠다. 마음은 여전히 푸릇한 청춘인데 주름살이 하나둘씩 늘어가는 모습을 인정하고 싶지 않았다. 은퇴 후 봉사하는 삶을 실천하며 우아하고 아름다운 인생을 살다 간 오드리 헵번처럼 늙고 싶었다. 추앙하는 그녀를 닮고 싶었으나 방법이 잘 보이지 않았다.

'힘없고 초라한 노년으로 살지 않으려면 어떻게 해야 하나?' 노년이 처량해지는 이유는 비단 경제적인 문제만은 아니다. 매일 아침 잠에서 깨어나면 하루 24시간을 채울 무언가가 없기 때문이다. 길고 긴 여생이 할 일 없어, 지루하고 무료한 일상으로 흐른다면 즐거움과 행복할 권리를 포기하는 것이다. 여기에 건강까지 잃는다면 재앙에 가까운 노년이 될 게 확실하다.

행복의 관점에서 삶을 바라보는 것이 절대적으로 필요하다. 그래서 나는 문요한 작가의 《오티움》을 읽고 알게 된 '내 영혼을 기쁘게 해줄 능동적인 여가 활동, 오티움'을 찾기 시작했다. 직장을 그만둔 직후부터 하나씩 배우기를 시도했다.

첫 번째가 피아노 배우기였다. 막연하게 언젠가 악기를 하나 배우고 싶었는데 두 아들이 퇴직선물로 피아노를 사주었다. 동네학원에 등록하고 3개월 정도 배웠는데 전혀 즐겁지 않았다. 양손 치기로 넘어가자 어려워지기도 했으나 선생님의 교습 방법이 나와 맞지 않았고 인내심이 부족해 그만두었다. 가볍게 생각하기로 했다. 꾸준히 할 수 있으면 좋지만 단번에 그만둬도 괜찮다. 피아노와 동시에 필라테스와 아쿠아로빅도 배웠다. 필라테스는 1년을 하고 쉬고 있으나 아쿠아로빅은 2년째 내 운동루틴이 되었다. 재미있다. 올해 초부터 버킷리스트 실현을 위해 영어 공부와 글쓰기를 하고 있다. 문화센터에서 미술을 배우기 시작한 지는 2개월이 됐다. 수채화를 그리고 싶은데 데생만 1년이 걸릴지도 모른다. 조만간 낭독도 배워 시각장애인에게 책을 읽어주거나 녹음하는 봉사도 시작할 예정이다.

배우고 싶은 것은 차고 넘치는데 시간이 부족할 지경이다. '예전의 나라면 자기검열의 늪에 빠져 이리 재고 저리 재다, 시작도 하지 않았겠지?' 그래서 나는 제대로 즐기는 취미가 없었다. 지금은 달라졌다. 시작하지 않으면 아무 일도 일어나지 않는다. 하고 싶은 것은 주저 없이 해보려고 한다. 하고 싶어서 시작했지만, 하고 싶지 않으면 그만두는 것도 내 자유다. 뭐든 재미있어야 계속할 수 있는 거니까. 큰 기대 없이 부담 없이 그냥 하고 있다.

선택과 집중을 오가며 오티움을 찾다 보니 깨닫는다. 나이 들어 '앎'의 호기심을 놓지 않고 공부하는 일상은 자존감을 충분히 높여준다는 것을 말이다. 살아온 경험과 연륜에 더하여 자신감이 쌓인 노년의 모습은 더 이상 초라하지 않고 그 존재감 자체로 빛날 수 있다고 믿는다. 끊임없이 배우기를 계속하며 시도하는 나의 도전이 새로운 자극이 되어 살아갈 날에 특별한 힘이 되어 준다면 이보다 더한 성과는 없다. 도전하는 인생은 평생 현역이다. 은퇴라는 마침표를 찍는 인생이 아니라 평생 진행형으로 이어지는 인생이 훨씬 가치 있고 보람찰 것이다.

내 인생을 풍요롭게 해줄 오티움은 어느 하나가 아니다. '공부하는 과정 자체를 즐기는 것'이 나의 오티움이다. 내가 즐겁게 배운 것들이 배운 것에서 끝나지 않고 나눔으로써 타인에게 선한 영향력을 끼칠 수 있다면 더할 나위 없이 기쁠 것이다. 오드리 헵번처럼 내 인생이 끝나는 날까지 그렇게 살고 싶다. 내 인생의 황금기는 지금부터다. 곧 다가올 나의 60대가 설렌다. 멋과 맛이 잘 발효되어 숙성한 모습으로 행복하게 살아갈 날을 기대한다.

송혜정의 글

나의 일상이 여행이 되길
꿈꿉니다

길 양쪽으로 하늘을 향해 쭉쭉 뻗어있는 키 큰 전나무가 하얀 눈을 온통 뒤집어쓰고 있는 모습은 나를 숨 멎게 했다. 애니메이션 〈겨울왕국〉 속 눈부신 풍경 그대로가 눈앞에서 펼쳐지는 게 아닌가? 나는 나무 사이사이로 보이는 투명한 파란 하늘 아래 빛을 받아 반짝이는 숲속 길을 썰매를 타고 내려갔다. 추운 날씨가 무색할 정도로 발그레 열이 오른 얼굴로 동심으로 돌아가 '야호'를 목청껏 외치며 청정한 공기와 바람을 실컷 마셨다. 스릴 만점, 쾌감 만점이었다. 앞에는 남편이 뒤에는 아들이 신나게 내려갔다. 그동안 쌓였던 스트레스가 한 방에 날아갔다. 이렇게 짜릿한 경험은 처음이었다.

겁쟁이인 나는 산 정상에서 썰매를 탈까, 말까? 한참을 망설이다 용기를 냈었다. 7년 전 스위스 루체른 근처 필라투스 산에서 탄 눈썰매 체험이었다. 당시 큰아들이 교환 학생으로 가 있던 그곳을 둘러보며 내 인생의 둘도 없었던 여행의 참맛을 느꼈었다. 그런데 행복했던 그때의 기억이 점점 희미해져 갔다. 추억은 부유한 나만의 재산이다. 소중한 순간이 사라지기 전에 고스란히 남기고 싶었다.

얼마 전 'KDB 시니어 브리지 사회공헌 아카데미' 교육을 수료했다. 시니어의 후반 인생 설계를 돕고, 시니어의 경험과 전문성을 사회에 나누는 취지의 교육사업으로 나에게 새로운 분야를 알게 해준 좋은 기회였다. 한 달간의 교육과정이 유익했지만 그중 가장 인상 깊었던 과정이 '나의 미래 명함 만들기' 시간이었다. 강사는 "미래 준비를 위해 세상을 어떻게 바라볼지, 자신을 어떻게 정의할지 선택할 수 있는 '나다움'을 발견해야 한다."라고 강조했다. 뒤이어 "자신의 강점을 살린 '타이틀'을 만들어 보라."고도 했다. 생각해 보니 내가 정말로 좋아하면서 하고 싶은 것은 망설임 없이 단연코 여행이었다.

나는 대학원에서 기록관리학을 전공했다. 힘들게 낮에 일하고 밤에 공부했으나 별다른 쓰임 없이 석사 학위증만 남았다. 직장에서 맡은 업무를 더 잘하고 싶어 아등바등했던 순간에도, 매년 다가오는 승진 심사에도, 심지어 일상생활에도 보탬이 되지 않았다. 어쩜 내가 변화를 두려워하지 않고 부지런히 도전하는 사람이었다면 아키비스트(Archivist, 기록물 관리 전문가)가 되었을 것이다. 공부하느라 투자했던 시간과 노력에 비해 실익이 없어 억울했다. 기록 행위는 무형의 콘텐츠를 유형의 콘텐츠로 바꾸는 힘이 있다. 내 삶을 기록했더라면 눈에 보이는 유용한 자산이 되었을 텐데 그러지 못해 후회스러웠다. '미래에는 기록하는 습관이 강점이 되도록 일상에 적용하며 살아보면 어떨까?' 여행을 좋아하니 '여행 아키비스트'로 살아보고 싶다는 생각이 들었다. 평범하든 특별하든 순간을 기록하는 삶의 여행자 말이다. 내 미래 명함에 이렇게 적었다. '여행 아키비스트 송혜정'

나는 일 년에 한 달 한 도시 살아보기가 꿈이다. 대한민국 서울에서 나고 자라 생활한 이곳을 반달 이상 벗어난 적이 없다. 넓은 바깥세상이 궁금하다. 남편은 65세까지만 일하겠다고 선언했다. 남편이 퇴직하면 함께 꿈을 향해 떠날 것이다. 일 년 중 한 달 살기를 위해 나머지 열한 달도 설렘으로 살아갈 수 있다. '자칫 무미건조한 일상이 될 수 있는 인생 후반이 기대와 들뜸으로 활기차겠지.' 여행을 계획하고 떠나고 돌아와 마무리하기까지 모든 순간이 기록으로 채워진다면 훨씬 값진 인생이 될 것이다. 우리 부부는 주말마다 가벼운 배낭을 메고 서울 구석구석을 걷거나 수도권 근교나 지방으로 여행을 떠난다. 가끔 단거리 해외여행을 다니기도 한다. 어딜 가도 세상을 향한 호기심으로 마냥 신기하고 새롭다. 블로그에 그 체험의 흔적을 남기는 것부터 시작해야겠다.

기록학자인 김익한 작가는 《거인의 노트》에서 "현재의 직업이나 자산, 실력과 상관없이 꿈과 관련된 행동을 3년 동안 매일 하나씩 하면 인생이 달라진다."라고 했다. 그는 전 세계를 돌아다니는 자유로운 여행작가가 되고 싶은 꿈이 있어 그의 일과에 여행하고 싶은 장소를 인터넷에서 검색하는 일을 넣는다고 했다. 그러고 보니 나와 남편은 저녁 식사 후 자연스럽게 여행 유튜브를 시청하는 것이 일과 중 하나다. 꿈을 위해 하루에 한 가지씩 여행과 관련된 작은 행위를 이미 오래전부터 하고 있었다.

다람쥐 쳇바퀴 돌 듯 별반 다르지 않게 반복하는 일상을 반짝이는 특별한 순간으로 만들어 주었던 것이 여행이었다. 그 잊고 싶지 않은 기억들이 사라진다고 아쉬워만 하지 말아야겠다. 꿈을 실행하면 일 년 열두 달을 여행기록자로 의미 있게 살아갈 수 있다. 일상이 여행이 되는 삶을 사는 것이다. 그런 삶을 꿈꾼다.

송혜정의 글

'어떤' 내가 아닌 '그저' 내가, 내 목소리로 한 일, 내 존재는 한 줄기 빛이 되어 어둠 속 그녀를 흔들어 깨웠고 엄마는 세상에 다시없을 저리게 찬란한 환대를 온몸으로 내보이셨습니다.

〈겹쳐 흐르다〉 중에서

2장

나의 소멸을
꿈꾸며

겹쳐 흐르다

　다시 봄이네요. 쩍 마른 검은 나뭇가지에서 작고 연한 초록 잎이 솟아납니다. 힘차게 뻗어 고새 숲을 이루는 작은 것들의 생명력이 몸으로 전해져요. 족히 40년 이상을 경험한 봄인데 이토록 처음 보듯 새로우니 놀랍습니다. 1년 전 갑작스러운 상실과 애도의 과정을 겪으며 삶과 죽음을 묵직한 어떤 것으로 마음에 품게 된 까닭이겠죠.

　인간사인걸요. 엄마와는 몸으로 함께 지내지 못했던 시절이 있어요. 아리게 그리운 사람이었습니다. 교복 입은 내 또래 아이를 길에서 마주치기라도 하면 눈물이 멈추지 않아 그대로 주저앉아버리셨다던 이야기를 들은 적이 있어요. 그녀에게도 난 분명 그런 사람이었습니다.

그렇다고 슬픈 기억만 있는 건 아니에요. 의지대로 몸을 움직였던 대학 시절부터는 엄마와 더 가까웠습니다. 짝사랑 고민부터 진로, 연애, 결혼, 출산, 육아 등 생애 주기별 크고 작은 문제를 만날 때마다 현명한 어른으로 곁에 계셨기에 부모의 자리에서 그녀가 희석된 적은 없었습니다.

돌 된 아이를 키우던 2007년에는 도쿄에서 살 비비며 몇 해를 지냈던 적도 있어요. 모자에 보드라운 깃털이 달린 핑크색 잠바였어요. 사 입히자마자 새가 된 듯 날갯짓하며 흙바닥을 뒹굴던 손주가 얼마나 귀여우셨던 걸까요. 백 번도 넘게 나눈 이야기를 또 꺼내실 때면 코앞에서 그 아이를 바라보고 있는 것처럼 두 손, 두 발을 크게 쓰며 따라 하셨어요. 다시 우리였던 그때가 엄마에게도 시릴 만큼 행복했던 게 틀림없습니다.

그럼에도 이혼 가정이라는 주홍 글씨가 어린 시절 온몸을 할퀴며 새겨놓은 끈적한 상처에서 문득 외로움, 공허함, 무기력함이 배어 나오는 건 어쩔 수 없었어요. 실체 없는 그것들이 불현듯 뻗쳐 나와 하얀 밤에 날 가두는 날이면 본대 없는 의구심이 꼬리에 꼬리를 물었습니다.

"나는 존재로 사랑받아 본 적이 있는가?" "존재 자체로 사랑받아 마땅한 사람인가?" 맞다고, 그렇다고 냅다 붙들고 답을 써내지만, 해답지를 잃어버려 채점할 수 없게 된 학생처럼 늘 안절부절못했어요. 나만 보이는 가슴 속 크고 어두운 구멍은 더 깊어졌고요.

그런데, 마침내 답지를 찾았습니다. 코로나19로 먼발치에서 서로 안녕을 빌던 몇 해가 지나고 겨우 하늘길이 다시 열리기 시작했던 2023년 3월 11일, 별안간 위독하시다는 소식에 급하게 찾은 오사카 병원에서 말이에요.

저산소증으로 의식 저하 상태였던 엄마는 뛰어 들어가며 토해냈던 "엄마!" 그 외마디에 눈도 뜨지 못한 채로 부러질 듯한 몸을 벌떡 일으켜 세우셨어요. '어떤' 내가 아닌 '그저' 내가, 내 목소리로 한 일, 내 존재는 한 줄기 빛이 되어 어둠 속 그녀를 흔들어 깨웠고 엄마는 세상에 다시없을 저리게 찬란한 환대를 온몸으로 내보이셨습니다.

3월 15일 오후 4시 50분, 외할아버지께로 날아오르실 때까지 매 순간 경험했던 비통함 역시 생애에 걸쳐 넘치게 받아온 사랑의 반증이라는 것도 깨달았고요. 그제야 사사로운 것은 사사로워지고 본질을 마주할 수 있었습니다.

어떤 형용사도 필요 없었던 거죠. 그저 존재로 사랑할 수밖에 없는 나와 아이들에 비추어봐도 그렇잖아요. 너무 오랫동안 그 사랑을 의심해 온 것 같아 한없이 죄송했어요. 다물어지지 않는 입으로 몽땅 흘러 들어간 눈물은 처음부터 끝까지 미안함이었습니다.

3월 19일, 그녀를 깊이 아끼던 이들과 처연하지만, 아름다웠던 장례식을 마치고 돌아오니 서울은 이미 봄이었어요. 평생 몸은 떨어져 있다는 게 안타까웠는데 그래도 그날 이후 언제나 곁에 계시다는 것만큼은 참 행복합니다.

내가 걷는 길로만 뿌려지는 벚꽃잎으로, 발 옆으로 툭 떨어져 있는 한 조각 따뜻한 볕으로, 곁을 따르는 하얀 나비로, 봄바람을 빌어 손짓하는 진분홍 꽃으로 우리는 다양한 모습으로 함께입니다.

또 있어요. 고민에 답보다는 질문을 건네셨던 엄마. 그래서 마루 한켠, 사진과 유품으로 꾸민 추모 공간에 가치단어를 모아 두었지요. 매일 아침 아이들과 하나씩 골라 읽어냅니다. 사춘기로 기분이 오르락내리락할 수 있는 나이지만 이 의식만큼은 고요하게 지켜주고 있어요. 삶과 죽음이 겹쳐 흐르는, 여전히 함께인 우리의 시간이란 걸 이해하고 있는 것이지요.

네, 앞으로 며칠간 이런 나와 우리를 읽고 또 써 보려고 해요. 엄마가 건네는 가치단어로 내 안에 일어나는 파동을 바라보다 자연스레 만나는 마음과 생각을 적어 보는 방법으로요. 어떤 순서로 어떤 단어를 만나고 또 어떤 이야기로 이어질지 흥미롭습니다.

바람, 아니 욕심이 있다면 이 글에 닿는 분들도 하루치의 그 단어를 함께 품고 지내시는 거예요. 글 마무리에 슬쩍 담아낼 질문도요. 어떤 장면, 어떤 사람, 어떤 마음을 만나게 되실지 궁금해지네요. 그렇게 조금은 낯설지만, 다정한 우리의 애도 과정을 따로 또 같이 경험해 주시길 바라봅니다.

아침이 기다려져요. 라일락 향이 달콤해 하염없이 걷고 싶은 시원한 봄밤이지만 어서 인사 나누고 잠자리에 들어야겠어요. 모두 밤새 안녕하시기를 바랍니다. 여러분과 여러분의 가족, 그리고 그들이 사랑하는 모든 분의 안녕을 온 맘으로 기원하며 첫인사이자 밤 인사를 마칩니다.

Q : 내 삶에 길잡이 별이 되어 주는 가치단어는 무언가요?

신미경의 글

행복

행복 : 나는 가벼움과 아름다움을 가지고 삶을 헤쳐나간
다. 칭찬과 모욕을 겸손과 수용의 자세로 받아들이는 자아
의 주인으로서, 나는 내가 하는 모든 일에서 행복을 발견한
다. °

오늘은 엄마 앞에서 작은 심호흡을 해야 했어요. 단어를
고르려는데 살짝 떨리는 마음도 있었습니다. 그 마음이 무언
지, 무얼 원했던 건지 궁금해지네요. 만지작거리다 한 장을
뽑았어요. 행복. '행복이란 가치로 어떤 질문을 건네시는 걸
까?' 글귀를 다시 읽다 잠깐, 길을 나섰습니다. 아이들 등교
를 도와야 했거든요.

차로 이동하면서 아이들에게 너희는 언제 행복한지 물었습니다. 글감의 힌트를 구해볼 요량이었지요. "비밀!"이라 하더라고요. 그 대답도 뭐, 좋았어요. 방향을 나로 돌려 머릿속에 두 글자를 띄어두고 뭐든 만나겠거니 하고 기다렸습니다. 그런데 문득 조수석에 앉은 아이가 "엄마, 폰" 그러는 거예요. '폰'을 주었더니 "아니, 엄마 손." 그러는 거예요. 오랜만이었어요. 포개진 따뜻한 두 손. 도착할 때까지 내내 잡고 있었어요. 더없이 행복했습니다.

고3, 진지하지만 또 유쾌한 사랑하는 아이가 찾아준 이 행복감은 놓쳐왔던 일상의 순간을 끄집어내 줍니다. 그러고 보니 아침마다 일어나라 소리치는 엄마에게 아이는 "안아줘." 그 고마운 말을 아직도 해주고 있네요. 고1, 어렵지만 도전을 즐겨가는 그 곁에 아이는 태어나 첫 눈맞춤 하던 순간의 표정으로 매일 깨어나요. 천사라는 표현밖에 떠오르지 않던 그 아기 표정이요. 행복이지요.

연이어 하필 그날이 떠오릅니다. 징그럽기도 참 징그러웠던 2023년. 그리고 2월. 엄마 소식 듣기 한 달 전, 급성 대동맥 박리로 애들 아빠가 언제 어느 때 죽어도 이상하지 않은 상황이라는 응급실 의사 말에 황망한 울음을 쏟아냈던 그날이요. 수술 후 의식이 아직 돌아오지 않은 남편을 두고 그의 소지품을 챙겨 나오는데 기가 막히더라고요. '이 옷을 다시 입고, 이 신발을 다시 신고 같이 집으로 갈 수 있을까?' 생각했습니다.

병원에서 재활을 도우면서는 사람들로 북적이는 창밖 카페를 물끄러미 바라보곤 했어요. '나도 저기 앉아 있는 날이 올까?' 까마득하게 느껴져 고개를 젓기도 했습니다. 커피를 여유롭게 즐기는 것도 사랑하는 사람들이 자기 자리에 건강히 있을 때나 가능하다는 걸 미처 몰랐었어요. 일상이 일상이라는 게 얼마나 놀라운 기적인지 그새 잊고 있었습니다.

어느새 학교에 도착했어요. 아이들은 차에서 내려 그들의 감사한 하루로 걸어 들어가고 있어요. '애들 아빠도 이제 일어났나? 벌써 출근했을까?' 잠깐 생각하다 집으로 돌아오는 이 길이 오늘은 그저 몽땅 행복입니다.

'내가 하는 모든 일에서 행복을 발견한다.' 오늘 글귀를 다시 떠올려봅니다. 네, 행복은 주어지는 것이 아니라 새롭게 보고 해석해 내는 것, 발견해 내는 것이 맞네요. 엄마의 질문에 답해가다 보면 그녀의 의도도 어렴풋이 알 것 같아요. 여전히 믿기지 않는 순간들이 더 많지만, 신기하지요. 동시에 이렇게 묻고 답해가며 연결되는 우리 모습에도 큰 행복을 느끼고 있습니다. "고마워요, 엄마. 사랑합니다."

Q : 오늘 발견한 일상의 행복은 무언가요?

신미경의 글

˚《자아의 주인》, 브라마 쿠마리스

보살핌

보살핌 : 나는 깊이 있게 보며, 우리가 서로 연결되어 있고, 서로에 대해 책임이 있음을 진정으로 이해한다. 자아의 주인으로서, 나는 설령 시간이 더 걸리고 내 방식을 벗어나야 한다고 해도 완전히 열린 마음을 가지고 행동한다. °

매일 아침, 나와 연이 닿은 단어를 읽어갈 때면 왠지 오묘한 마음이 들어요. 지금 나에게 꼭 필요한 단어를 만나게 될 거라 믿고 있어서 그럴까요? 오늘 단어이자 질문은 보살핌. 몸과 마음에 품고 하루를 시작합니다. 운전하며 노래를 흥얼거리다 언제인지도 모르게 그 시절로 쑥 들어가 버렸습니다.

울타리가 없었어요. 전쟁터 같다고 느꼈지요. 지금의 나보다 더 어렸던 그때의 부모님은 사랑했지만, 방법을 몰라 서로 상처 주고 또 받으며 살아가고 있었습니다. 아이를 보살필 에너지는 남아있지 않으셨어요. 고로 그 작은 아이가 '고통은 홀로 견뎌내야 하는 것이고 세상에 도움을 구할 곳은 없다.' 라는 세계관을 가지게 된 건 당연했습니다.

초등 친구 여진이는 나에게 잊힌 그 시절의 나를 또렷이 기억해 줍니다. 두 살 터울의 여동생을 엄마처럼 챙겼다고 말해요. 친구 생일 파티에도 동생을 데려와서는 손 닦아라, 이리 와라, 저리 가라 하면서 잔소리도 심했다고 합니다. 온몸으로 부딪히며 깨쳐야 했던 경험들이 아프고 무서웠던 거지요. 형님 된 마음으로 동생을 곁에 두고 가르쳐주려 애썼던 것 같아요.

"내가?" 웃어넘기지만, 확실한 건 아이는 부모일 수 없다는 것이에요. 그래서도 안되고요. 맞지 않은 큰 갑옷을 위아래로 입은 채 돌쟁이 아기 기저귀를 가는 모습이라고 할까요? 허둥거리다 초조해 화내버리는 나와 자지러지게 우는 동생이 보이는 듯합니다. 그 시절이 그런 심상으로 다가와요. 사랑이지만 어울리지 않습니다. 둘 다 참 가여웠지요.

평생 미안해하셨어요. 바꿔보려 버텨보려 부딪쳐 싸워냈던 시간 동안 방치되었던 아이들에 대한 미안함과 그렇게 더는 상처를 줄 수 없어 떨어뜨려야 했던 시간에 대한 미안함.

딸이지만 나도 엄마니까요. 어미가 스스로 뒤집어쓴 죄책감에서부터 벗어나는 일은 어쩌면 평생 불가능하겠다고 생각한 적이 있습니다.

하필이면 그 많은 사람 중 엄마에게 전화가 걸린 거예요. 어떤 이유에선지 패딩 잠바 주머니 안에 있던 핸드폰을 잘못 눌렀던 모양입니다. "여보세요? 미경이니?" 몇 번을 대답하고 부르셨지만, 옷 쓸리는 소리만 들리셨을 테지요. 그런데 나중에 보니 족히 30분 넘게 통화가 이어져 있었더라고요.

뒤늦게 동생에게 들은 이야기로 엄마는 내내 미안하다 우셨다고 해요. 옷 쓸리는 소리가 나의 하염없는 울음소리로 들리셨고 어린 시절 보살피지 못했음을 원죄로 떠안아 버린 그 죄책감은 어느 때고 그녀를 이렇게 나락으로 내팽개쳐 버렸습니다. 잔인할 정도로 짓궂게.

엄마가 믿으시거나 못 믿으시거나 어쩔 수 없어요. 그녀의 보살핌은 최선이자 최고였습니다. 아이들만 데리고 살아보려 애쓰셨던 시기의 기억 조각이 맞춰지고 나서는 더욱 확신해요. 뿐만 아니지요. 엄마의 보살핌은 상실 이후에도 다양한 모습으로 이어져 절절히 경험하고 있습니다.

대부분 잘 지내요. 그러다가도 별안간 턱을 빼고 아이처럼 울음을 쏟아내게 되는데 그럴 때면 아이들과 남편이 방에서 나와 안아주어요. 몸을 겹쳐 추위를 피하고 생명을 품는

펭귄들처럼. 그 속에 있다 보면 울음이 잦아들지요. 침잠해 가는 나와 애써 연결하고 끝까지 책임지려는 이들로부터 넘치는 보살핌을 받고 있습니다.

그들은 또 나에게 아무것도 묻지 않아요. 이미 알고 있는 거죠. 편견 없이 듣는 사람, 나이와 상관없이 상대를 존중하는 사람, 누구에게나 선한 사람이셨기에 내 슬픔의 깊이를 설명할 필요가 없습니다. 과정이 좋은걸요. 마지막 역시 예외가 없지요. 좋을 수밖에요.

문득 내 삶을 비추게 돼요. 나는 어떤 사람인지, 내 마지막은 어떤 모습일지 상상해 보게 됩니다. 결국 '어떻게 살 것인가?' 하는 심연의 질문을 만나게 되었어요. 생애 걸쳐 몸으로 보이신 아름다운 가치와 문화 덕분에 그녀의 삶, 마지막 장면인 죽음 역시도 이렇게 큰 배움의 장이 되었습니다.

이제는 알고 계실 거예요. 그대로 충분하셨다는 것을요. 침상에서 마지막까지 진심으로 전했던 그 말도 분명 다 기억하실 거고요. "미안해 말아요. 하나도 미안해 말아요. 걱정하지 말고." 분명 그러셔야 합니다.

Q : 보살핌을 받는다고 느끼는 순간은 언제인가요?

신미경의 글

용서

용서 : 자아의 주인으로서, 나는 더 이상 남 탓을 하거나 남에게 앙심을 품지 않는다. 나는 나 자신을 비롯한 모든 사람에게서 볼 수 있는 잘못된 행동이 어디에서 비롯되었는지를 이해한다. °

피하고 싶었어요. 예전에 이 단어를 받아 들고 모른 척 다시 섞어버렸던 기억도 있습니다. 무엇이 그렇게 어려웠던 걸까요. 실은 알아요. 처연했던 그 장면을 다시 꺼내야 하기 때문입니다. 그녀의 보호자로서 나에게 주어졌던 선택의 기로에 다시 서야 하기 때문입니다. 여전히 머뭇거리고 있는 그곳에요.

물론 위급하시다는 전화를 받고 날아서 또 달려서 갔죠. 그래도 "엄마"라는 외침에 몸을 일으켜 세우시는 모습을 보고 마르셨지만, 늘 강인했던 엄마에게서 우리는 죽음이란 단어를 지웠습니다.

헌데 의사는 여전히 연명이 아닌 치료를 원한다면 더 큰 병원으로 이송하라는 거예요. 분노가 치밀었어요. 당최 믿어지지 않는 말에 기가 찼지요. 벌떡 일어나셨던걸요, 우리 엄마인데요. 당연히 나아가는 치료를 받으셔야죠.

의사는 신중해지라는 말을 덧붙였어요. 저산소증이라 앰뷸런스 내 산소호흡기 성능에 따라 이송 중 사망 가능성도 있다고 말이에요. 가슴 근육이 땅겨 숨 쉴 수가 없었어요. 손으로 연신 쓸어내려야만 겨우 숨이 쉬어졌어요. 하염없이 쏟아지는 눈물 콧물은 신경 쓰이지도 않았습니다.

한국에서 소식을 기다리시던 아버지께 의사로서도 조언을 구했어요. 아빠는 환자에게 적합한 산소호흡기가 미리 준비된 앰뷸런스를 요청하는 방법을 알려주셨어요. 출장 중에 와보지 못하고 애달프던 오빠는 어떤 경우에라도 끝까지 최선을 다하는 게 맞다고 했고요.

"맞지, 그게 옳지." 하다가도 '엄마라면 어떤 선택을 하셨을까?'란 질문에 닿으면 혼란스러웠습니다. 아무리 자식이라 해도 한 개인의 역사, 그 마지막을 이렇게 마음대로 정해도 되는 건지 복잡했습니다.

"집에 가자." 의식이 살짝 돌아왔을 때 던지듯 떨어뜨리셨던 엄마 말씀을 들은 터라 더 그랬어요. 손가락으로 창밖을 가리키셨습니다. 자식들 놀러 오면 편하게 지낼 수 있도록 방이 하나 더 있는 집으로 이사하셨었거든요. 새 침대도 새 이부자리도 매일 물주며 키우시던 올망졸망 화초들도 모두 우릴 기다리고 있을 그곳을 가리키셨을 테죠.

사랑하는 이의 죽음 앞에서 인간은 얼마나 나약한가요. 또 얼마나 이기적인지요. 어떤 선택을 해도 후회와 죄책감을 피할 수 없을 거라는 건 그때도 이미 알고 있었어요. 자식의 자리는 그렇더라고요. 큰 사랑을 받지만 돌려드리지 못해 죄송하기만 한 자리. 결국 나는, 우리는 엄마를 살리는 결정을 하였습니다.

다행히 문제없이 대학병원 중환자실에 도착해 검사를 시작했어요. 이전 병원이 계속 미웠는데 지나고 보니 다른 건 몰라도 그곳에서 우리는 엄마 곁에 딱 붙어 이틀 내내 먹고 자고 볼 비비며 만지고 주무르며 이야기할 수 있었더라고요.

대학병원에서는 허락된 시간에 짧은 면회만 가능했고 검사를 위해 강해진 마취제 때문에 그 시간에서조차 엄마가 잘 느껴지지 않았어요. 유의미한 검사 결과도 나오지 않는 상황이 지속되자 우리의 결정이 옳았는지에 대한 가시 돋친 질문들이 내 안에 차오르기 시작했고 안타까움과 아쉬움은 커졌습니다.

면회 시간을 기다리며 엄마 없는 엄마 집에 처음 들어갔을 때는 고꾸라졌어요. 눈 돌리는 곳마다 자식들 사진으로 꾸며진 단아한 집, 모두 함께인 순간만을 기다리셨을 엄마 마음이 그대로 느껴졌습니다.

미래는 누구도 알 수 없고 선택한 삶 외에 다른 삶을 살아볼 수 없다는 것도 알아요. 그래도 '그 병원에 그대로 있었다면 어땠을까? 원하시는 데로, 집으로 갔다면 어땠을까?' 자꾸 떠올리게 되었습니다. 살 거라 믿고 살려야 하니 살리는 선택을 또다시 하겠지만 알아요, 매번 이만큼 통곡하겠지요.

자식의 자리는 크나큰 부모의 사랑을 받기만 하고 돌려드리지 못해 미안해하는 자리라고 이야기했습니다. '탓을 하지 않는다. 어디에서 비롯되었는지를 이해한다.' 엄마가 오늘 '용서'란 단어로 건네고자 하셨던건 '위로'였을까요? 단어를 품고 한참 동안 해석해 보려 곱씹다 이런 생각에 닿았어요.

'부모의 자리는 자식의 태생적 미안함 역시 부모를 향한 사랑이란 걸 이미 이해하고 시작되는 자리겠구나.' 라는 생각. 그러고 보니 나 역시 생의 마지막에 보호자로서 아이들이 날 위해 어떤 선택을 하더라도 "괜찮다, 잘했다." 해줄 것 같아요. 그게 최선이고 사랑일 테니 그게 무어든 옳고 또 옳다고 말해줄 것 같았습니다.

현명한 어머니는 곁에서 여전히 삶에 있어 중요한 것들을 가르쳐주고 계시네요. 그래도 이번엔 한 번에 품기는 어려울 것 같아요. 쉽지 않겠지만 방향은 바꿔보겠다고 약속드려요. 나를 용서해 보겠습니다. 따뜻이 안아주겠습니다. 애쓰겠습니다. 그래보겠습니다.

Q : 내가 바라는 마지막은 어떤 모습인가요?

신미경의 글

자발성

자발성 : 나의 지혜 안에는 나비를 쫓으며 아침 햇살처럼
빛나는 자유롭고 천진난만한 어린 아이가 들어있다. °

'자유롭고 천진난만한 어린아이가 내 안에도 있을까?' 가
치단어 카드를 손에 들고 눈을 감아봅니다. 명상하는 마음으
로 그 아이를 찾아 나서 봤어요. 숲을 지나 아담한 정원을 품
은 전원주택에 도착합니다. 집과 정원이 가로 보이는 자리에
나무 벤치가 있어 그곳에 앉았어요. 팔랑거리는 흰 나비를 보
며 '엄마인가?' 시선을 뺏겼다가 아이 웃음소리에 여기로 다
시 돌아옵니다.

　고사이 한 어린아이가 눈앞에 서 있네요. 나풀나풀 또 재

잘재잘, 자기가 경험하는 세상에 대한 이야기를 기꺼이 전해 주고 있습니다. 털북숭이 씨앗 이야기와 제비꽃 이야기, 호기심이 가득한 그 눈을 보고 있자니 세상에 무서울 것이 하나 없어집니다.

얼마나 시간이 지났을까요? 나는 어느새 아이의 눈으로 세상을 보고 있습니다. 파스텔 빛 정원도 아름다웠는데 아이의 세상은 전혀 다르네요. 모든 빛이 뽐내듯 내뿜는 총천연색 무지갯빛 세상, 저주받은 아이라고 확신했던 내 어린 시절에도 이렇게 본연의 움직임으로 춤추던 아이가 숨 쉬고 있었던 게 분명합니다.

그 아이를 닮은 고 나이쯤의 기억을 떠올려봐요. 국민학교 1학년, 초기 기억으로 늘 손꼽던 장면이 있습니다. 전학 가던 날이요. 택시 안에서 창밖을 보며 엉엉 울던 내 모습. 그 곁에 앉아 소리 없이 눈물 떨구던 엄마 모습. 처음 그 기억을 떠올리고는 아픈 장면으로만 되새기곤 하였는데 오늘은 그 안에서 놓쳐온 것은 없는지 찾아보려 합니다.

2월생이라 또래보다 한 살은 족히 어렸던 나는 교복을 입고 있었지만 홀로 유치원생 같았어요. 인천에 있는 사립초등학교였고 나름 명문이라 합격했을 때 엄마가 무척 기뻐하셨던 기억이 있습니다. 학교 정문을 통과해 너른 정원을 지나야만 교실 건물로 들어갈 수 있는 구조였는데 귀엽지요, 내가 그 정원의 주인이라고 생각했어요.

잘 가꿔진 나무, 다채로운 꽃도 마음에 들었지만, 곳곳에 놓인 동물 동상들이 특별했어요. 아기 사슴, 아기 캥거루를 품은 엄마 캥거루, 기린, 사자. 모두 살아있다고 믿었어요. 인사하고 안부 묻고 쓰다듬고 나서야 교실로 이동했던 기억이 있습니다. 체육 시간에 남자 친구와 사라져 선생님께서 찾으러 다니셨다고 들은 적이 있는데 늘 이곳에서 발견되었다지요.

교실 역할 분담으로는 어항 청소를 맡던 모양이에요. 교실 장면은 어항 앞에서의 내 모습이 유독 많아요. 어항 유리판 사이로 자석으로 된 청소기를 붙이고 초록색 이끼를 열심히 닦아내던 기억이 있습니다. 내 손을 따라 움직이던 어항 안 청소기도 신기했고 지저분한 어항이 깨끗해지는 데서 오는 개운함이 굉장히 만족스러웠어요.

당시 반 친구들과 다 함께 찍은 사진이 한두 장 남아있어 꼬꼬마 친구들 사이에 나는 어디 있나 찾다 보니 정글짐 꼭대기에 앉아 있더라고요. 어린 시절 나를 겁많은 아이로 기억하는데, 아니었을까요? 본연의 나는 호기심 많고 용감한 아이였을지도요.

'자발성'이란 단어로 기억 저편에서 찾아낸 이 아이의 움직임이 더 반가운 이유는 남들 눈에 띄지 않기 위해 애쓰기 시작한 유년기에 귀하게 자리 잡은 오롯한 내 생명 에너지를 그대로 드러내고 있기 때문이에요.

엄마에게 다음 생에는 내 딸로 태어나 달라고 이야기 한 적이 있어요. 친엄마를 일찍 여의고 새엄마와 언니들에게 구박받았던 신데렐라 같았던 그녀의 어린 시절을 지워주고 싶었거든요. 지금은 욕심이 더 생기네요. 가장 넓고 안전한 울타리를 쳐주고 그 아이의 온전한 움직임을 바라봐주고 싶어졌어요.

앞으로 내 안에 완전히 자유롭고 천진난만한 아이도 더 찾아봐야겠어요. 그 기운과 역동이 인생 후반전, 지금 나에게 꼭 필요해 이렇게 만나게 되었을 테니까요. 그 너울대는 움직임 그대로를 따라가 보고 싶어요. 과연 어디에 닿게 될까요? 어떤 춤을 추게 될까요?

Q : 천진난만하고 자유롭던 어린 시절, 난 어떤 아이였나요?

신미경의 글

수용

수용 : 자아의 주인으로서 나는 모든 사람의 삶을 있는 그 대로 받아들여야 함을 깨닫는다. 나는 어떤 상황에서도 편안함을 느낀다. °

'램프의 지니가 소원 하나 들어준다 하면 무슨 소원을 빌까?' 어릴 적부터 심심풀이 땅콩 삼아 떠올리던 질문입니다. 오늘은 뜬금없이 가족들에게도 물어봤어요. 타임머신을 소원으로 이야기합니다. 그 뒷자리에 타겠다는 이도 있습니다. 지니를 만난 김에 데려다 함께 지내는 건 어떠냐며 의견이 분분해집니다. 듣다 보니 사랑하는 이들의 소원을 모두 이루어

주고 싶네요. 인간들이 더 이상 자연을 헤치지 못하게 해 달라는 소원부터요.

메뉴판 앞에서 오래 고민하지만 결국 늘 라떼를 주문하는 것처럼 그간 내 단 하나 소원은 '이 시간 이후 내가 원하는 모든 것들을 이루어지게 해주세요.'라는 떼쟁이 같은 소원이었어요. 짐작하시겠지만 오늘은 좀 달랐습니다. 바로 엄마가 떠올랐어요. 다시 살게 해달라고 빌고 싶었습니다.

지금은 어디서 어떤 모습으로 지내시는지, 나누고 싶으셨던 이야기는 무엇이었을지 듣고 싶어요. 아직 못다 한 여행도 남았고요. 첫째 아이 남자 친구도 만나봐 주셔야 해요. 아이는 늘 남자 친구가 생기면 제일 먼저 외할머니께 보여드리고 싶다고 그랬거든요. 귀엽고 따뜻한 외할머니가 어떤 반응을 보이실지 너무 궁금하다면서요.

전화할 곳이 없다는 게 이렇게나 사무치는 일일 줄 몰랐습니다. 처음으로 내 꿈에 오신 날에는 엄마를 보자마자 꿈에서 깰까 봐 그대로 냅다 달려 품에 얼싸안았어요. 오죽하면 엄마가 깜짝 놀라셨을 정도였지요. 깨고 나서도 한참을 그대로 앉아 더 울었어요. '꿈에서만이라도'라는 말의 깊이를 처절히 느껴온 한 해입니다.

그러다 문득 그 친구 이야기가 떠올랐어요. 뱃속에서 열

달을 키워낸 아기를 낳자마자 떠나보내고 그 충격으로 신앙도 버리고 자기도 죽으려다가 빼앗긴 아기를 꼭 찾아올 거라고 신에게 대들면서 화내고 저주하며 성당에서 매일 울부짖었다던 그 친구요. 신기하지요. 그러던 어느 날 문득 자연이 전하는 신의 이야기가 들려왔데요.

나도 마음이 아팠다고, 헌데 생명은 그저 흐르는 것이어서 위로가 되어주고 싶었지만, 그조차 소용이 없는 것 같아 마음이 더 아팠다고 말이에요. 그 후로 그저 이 모든 것을 받아들이게 되었다고 이야기 해주었습니다.

종교, 신은 잘 몰라요. 자연의 순리만은 믿고 있습니다. 상실을 경험한 후 그 믿음은 더 강해졌고요. 인간이 이해할 수 있는 수준에서 자연과 우주의 섭리가 설명된다면 오히려 이상해요. 감히 인간이 상상하지 못할 질서가 축으로 존재하는 것이 훨씬 더 자연스럽게 느껴집니다.

그래요. 생명이 흐르는 것이라면, 흘러야 하는 거라면 지금 두 손으로 꽉 움켜쥐고 있는 이 처연한 소원도 그리 보내줘야 하는 거겠지요. 수용한다는 것은 용기가 필요한 일이네요. 해석과 믿음, 다짐이 필요한 일입니다. 사랑하는 나의 어머니, 우연으로 점철된 삶에서 그대를 만나 이만큼이나 사랑하고 그리워하게 된 우리 인연에 그저 감사해야 하나 봅니다.

행복, 보살핌, 용서, 자발성을 거쳐 수용이란 단어로 마지막 글을 써 내려갈 수 있어 다행이에요. 한 발짝, 한 발짝 밟아가다 보니 덕분에 조금은 편안함에 이르렀습니다. 이 역시 나도 모르는 그녀의 숨겨진 의도가 있었을지 모르겠다는 생각도 드네요.

엘리자베스 퀴블러 로스는 그의 저서 《인생 수업》에서 때로는 최악의 상황에 직면할 때, 우리는 더 많이 성장하며 조건이 가장 나쁠 때, 자신이 가진 최상의 것을 발견할 수 있다고 이야기해요. 그 배움을 통해 행복하고 가치 있는 삶이 무엇인가를 깨닫게 되고요. 그것을 완벽하지는 않지만 '진정한 삶'이라 정의합니다.

나를 읽고 나를 써 내려가다 보니 삶과 죽음, 상실과 애도의 과정을 통해 네, 완벽하지는 않지만, 진정한 삶의 길로 들어선 것 같아요. 그녀 말대로 죽음의 가장 큰 교훈은 바로 삶인 모양입니다.

요즘은 걷다보면 아카시아 향이 달콤새큼해요. 그새 이렇게 마지막 끝인사, 밤 인사를 나눌 때가 되었네요. 우연히 이 글에 닿아 낯설지만, 다정한 우리의 애도 과정에 동참해 주신 여러분께 깊은 감사를 전합니다. 혹 그동안 나만의 어떤 장면, 어떤 사람, 어떤 마음을 만나셨는지도 갑자기 궁금해지네요.

인생은 고난이라고들 하지요. 그래도 우리에게는 발견하고 배우고 깨닫는 힘이 있습니다. 어떤 날에도 진정한 삶으로 만들어내시기를 바랍니다. 여러분께 전하는 따뜻한 응원이자 저를 위한 바람입니다. 처음처럼 온 마음으로 여러분과 여러분의 가족 또 그들이 사랑하는 모든 분의 안녕을 늘 기원하겠습니다.

Q : 있는 그대로 삶을 수용한다는 건 나에게 어떤 의미인가요, 또 어떤 모습인가요?

신미경의 글

마흔, 피크타임

    결혼 13년 차, 해를 거듭할수록 살림에 관한 노하우는 조금씩 생기는데, 삶을 살아가는 요령은 좀처럼 생기지 않는다. 학창 시절에 국·영·수 공부만 했지 '나'에 대해서는 공부할 기회가 없었다. 그런 나에게 마흔을 앞두고 찾아온 기회는 우연히 풀밭 사이에서 발견한 클로버. 작디작은 풀이 뭐길래 의미를 부여하고, 마음을 표현하고, 감동을 전한다. 흔하지만 아무 생각 없이 보고 있으면 그냥 좋다. 세 잎이든, 네 잎이든 상관없다. 그 꽃말의 의미대로 행복이든, 행운이든 다 좋다. 이걸 보니 생각나는 한 분이 있다. 나를 만날 때면 늘 온화한 미소로 코팅한 네 잎 클로버를 선물로 건네는 분이시다. 그분의 마음을 짐작해 본다. 과연 나는 행복과 행운에 대한 정의를 내릴 수 있을까? 삶을 정리하고 돌아보는 시간, 이제 본격적으로 '나'를 읽고 '나'를 써 보려고 한다.

40은 무엇이든지 해도 된다고 톰 버틀러 보던의 《피크타임》에서 읽었다. 삶의 중후반에는 단순히 '먹고 사는 것'을 넘어서 인생에 대해 진지하게 생각하게 되었다는 문구가 공감된다. 피트킨의 베스트셀러 《인생은 40부터》를 보면 독자들에게 40이라는 나이는 끝이라기보다는 시작에 가깝다고 기록되어 있다. 다시 말해서 생산성의 끝이 아닌 진정한 시작을 할 수 있는 시기가 온 것이다.

"우리는 매일 조금씩 더 좋아지고 있어. 앞으로는 더 좋아질 일만 남았어. 당신이 뭘 하든지 기대된다, 파이팅!"

남편의 응원이 담긴 특별한 생일 선물, 공동저서 프로젝트! 나의 가능성에 대해 반신반의하며 도전해 본다. 마흔은 내 인생의 '피크타임'이다. 쑥스럽지만 그냥 그렇게 붙여 봤다. 내가 책을 쓰게 될 줄은 꿈에도 생각 못했기 때문이다.

'나는 뭘 좋아할까, 나에게 지금 당장 어떤 게 필요할까?'

40이 되어서야 나에 대한 고민을 진지하게 해 본다. 부모님의 둥지에서 독립해 한 가정을 꾸리고, 어느 정도 자녀들이 성장할 때까지 맞추며 살다 보니 내 존재가 희미하게만 느껴진다. 머릿속은 정리되지 않고 뒤섞여 있는 바구니 속 잡동사니 같다. 새로운 것을 만나 보고 싶다. 생각에 그치지 않고, 행동으로 실행하고 싶다. 행복으로 달려가고 싶다. 실패를 만나도 나를 자극하는 경험이니 이 또한 좋은 것이라고 나를 다독여준다. 실패했던 과거를 마주하여 재해석하는 것 또한 하나의 스펙이 될 테니깐. 마흔! 이제 시작이다.

장현순의 글

닉네임 I
뭐든지 따라쟁이 맘

30대가 지나 40세가 되니 남편과 자식들, 부모님을 생각할 때 괜스레 마음이 무거울 때가 있다. 어떤 책에서 삶의 무게를 줄이려면 소중한 것들을 늘려야 한다고 한다. 나에게 소중한 건 무엇일까? 내 주변의 사람들은 행복하기 위해 어떻게 살아가는지 알고 싶다. '모방은 창조의 어머니'라는 말처럼 한번 흉내 내보기로 했다. 어느 사이트에서의 내 닉네임은 '뭐든지 따라쟁이 맘'이다. 내가 지었지만 참 잘 지은 것 같다. 그렇게 나를 찾기 위해서 움직여 본다.

웃음이 많은 한 지인은 매일 일기를 쓴다고 했다. 앱에 매일 사진과 간단한 일기를 기록하면 100일 후 예쁜 책을 만들어준다는 것이다. 종이책에 소소한 일상의 사진과 감사 일기의 내용을 보는데, 찡해지면서 감격스러웠다. 당장 시작했다. 그런데 단 하루라도 빠지면 처음부터 다시 시작해야 했다. 몇번의 실패를 거듭했지만 포기하지 않고 오뚜기처럼 다시 일어나고 일어나서 이어가고 있다.

감사 일기를 쓰면 사진찍기와 기록하는 게 일상이 된다. 기록하기 위해 관찰하고 경청하게 된다. 똑같은 시간이 주어지는데 기록하는 삶의 여부에 따라 환경의 미세한 변화 앞에 깨어있게 한다. 따라 해 보는 삶은 우리로 성장하고 변화하게 한다. 내가 살아보지 않은 길도 뭐든지 기회로 삼아 따라 해보기로 했다. 그런다고 누가 이상하게 보지 않는다. 오히려 패러디하는 게 인기가 좋기도 하다. 새로운 환경을 부담스러워하는 우리 아이들에게도 가끔 그런 환경을 제공해주려고 노력한다. 그게 엄마의 역할이라고 생각한다. 그래서 나의 닉네임대로 살아보려고 한다. 뭐든지 따라쟁이 맘, 벌써 설렌다.

《랑겔한스섬의 오후》에서 무라카미 하루키는 갓 구운 따끈한 빵을 손으로 찢어 먹을 때 행복하다고 한다. 나는 그날 컨디션에 따라 어울리는 아로마 향을 틀어 놓고, 책을 읽는다. 요즘처럼 해가 뜨거울 때는 헬스장에서 러닝머신을 뛰면서 목사님의 설교를 듣는다. 밤에 아이들을 다 재워놓고는 남편과 야식으로 내가 좋아하는 닭발을 먹으며, 유튜브를 보거나 대화를 나눈다. 최근에는 글쓰기가 추가되었다. 혼자서 나에게 집중하는 그 시간은 그 어떤 활동보다도 살아가는 힘의 밑거름이 되고 있다. 기록하며 삶의 무게를 이겨낸다. 무탈할 때 감사하고, 때로는 문제 앞에 마음이 뒤숭숭할 때도 있지만 이 또한 감사하기로 마음을 바꿨다. 하루의 시작과 마무리에서 내가 발견한 행복을 기록해 본다. 미쳐 나는 중요한지 몰랐던 '기록하기'를 따라 해본다.

장현순의 글

닉네임 II
피터팬

결혼 전 나에겐 별명이 있었다. '피터팬' 아마도 피터팬 증후군에 가까운 생각과 삶을 살아서였을까? 현실에서 벗어나 이상주의에 가깝게 둥둥 떠다녔을지도 모른다. 생생하게 잘 떠오르지 않는데, 그 시절에는 세상 걱정 없이 마냥 즐거웠다. 그 후 결혼과 출산 그리고 인생 공부와 같은 여러 일을 겪으며 스스로 성숙해짐을 느낀다. '위기는 재밌는 이벤트'라는 말을 좋아한다. 만약 그때로 돌아가 다른 선택을 했다면 어려움을 겪지 않았을까? 아니다. 그 일들은 내가 진정 어른이 되는 과정이었다.

첫째 딸의 첫 이가 날 때가 생각난다. 침도 많이 흘리고, 치발기를 연신 물어뜯는 모습을 보면서 내 잇몸이 근질근질 했다. 치아가 잇몸을 뚫고 올라오면 모유에서 이유식으로 넘어가고, 나중에는 고기도 잘 씹어 먹을 수 있다. 다 성장했는데, 이유식만 먹을 수 없듯 단계마다 성장에 따른 발달 과업이 있다. 그리고 실수를 통해 후회로 끝나는 게 아닌 행동을 수정하기도 한다. 적당한 시기에 유치를 뽑아줘야 하는데, 치과를 싫어하는 딸한테 못 이겨 덧니가 되었다. 얼마나 후회가 되든지 다음부터는 조금만 흔들거리면 바로 치과에 가서 과감하게 뽑았다. 그래도 우리 아이가 건강하게 잘 성장함에 감사했다. 치열이 좀 고르지 않으면 어떠냐! 밥 잘 먹고, 소화 잘하면 되지! 물론 나중에 치아 교정은 해 주기로 약속했다.

나이를 먹는다고 다 어른이 되는 건 아니다. 어떤 사람은 50대인데도 정신연령은 10대에 가까운 사람이 있다. 반면 20대 대학생인데도 정말 배울 게 많은 사람도 있다. 그런데 신체의 나이와 정신적 나이는 왜 차이가 날까? 시작하지 않으면 실패할 일도 없다. 부담을 피하면 최소한 그 부분에 대해서는 스트레스를 안 받을 것이다. 그렇다면 피하는 것이 우리 삶에 유익할까? '성장'에 대해서 생각해 본다. 만약 내 인생에 위기가 한 번도 찾아오지 않았다면 지금의 내 모습은 어땠을지 상상해 본다. 나는 위기를 겪으며 이 격차를 줄여가고 있다. 선택의 갈림길 사이에서 넘어가는 길과 피하는 길 중 결정해야 한다. 그 결과 나의 내면의 나이는 어떻게 차이가 날까? 한 단계씩 부담을 넘어 성장해 본다.

장현순의 글

카페 맛집
보금자리

온전히 나를 위해서 커피를 마시러 카페에 갈 기회가 잘 없다. 식사에 가까운 음료 비용을 지불하고 마시는 게 왠지 외벌이인 남편에게 미안하기 때문이다. 하지만 내면의 무기력과 싸우는 하루를 보내며 환기의 필요성을 느꼈다.

"오늘 특별한 거 먹고 싶은데…."

알뜰한 내 남편에게서 사랑하는 아내가 뭘 원하는지 파악하려고 노력하는 모습이 보인다.

"아보카도 커피, 뱅쇼, 자몽에이드… 다 먹고 싶은데, 하나만 골라야 하지?"

"그래, 당신이 원하면 나가자. 어디로 갈까?"

카페에 가서 분위기 전환할 생각에 대학생처럼 마음이 설렸다. 고데기로 머리도 하고, 원피스도 몇 번이나 갈아입으며, 남편에게 골라 달라고 했다. 그렇게 립스틱까지 바르고 나서 나는 잠시 멈췄다.

"자기야, 우리 그냥 가지 말자!"

"왜?"

"갑자기 생각해 보니까 우리 집에서 카페 놀이하면 되지. 잠깐만!"

나는 삶은 감자를 에어프라이기에 돌리고 나서 파슬리 가루를 솔솔 뿌렸다. 냉동 붕어빵과 와플을 구워 예쁜 접시에 담았다. 내가 좋아하는 자몽과 오렌지도 꺼냈다. 유튜브로 에센셜 음악을 틀고, 페퍼민트 아로마 오일 디퓨징까지 순식간에 멋진 카페가 되었다.

"나가면 다 돈이잖아. 집에 이미 다 있는데, 여기서 우리 힐링해요. 여기가 카페 맛집이네!"

풍미가 깊은 고급스러운 커피 맛이나 달달한 시럽보다 남편의 공감 한 스푼이면 된다. 인생은 쓰디쓴 에스프레소 같지만 같이 마실 수 있다는 내 편이 있기에 인생이 캐러멜 마키아토가 된다. 우린 그렇게 보금자리에서 카페 놀이하며, 서로 대화를 나눴다. 오감이 행복한 시간을 보내다 보니 무기력과 슬픔은 디퓨징한 향기와 함께 날아갔다.

장현순의 글

40에 배운 말
우린 원 팀이잖아!

　서로 다른 남녀가 만나 결혼했다. 외모는 닮았지만, 성격과 생활방식이 정말 다르다. 나는 물건을 잘 잃어버리고, 꼭 코리아 타임으로 5, 10분 늦을까 허겁지겁 뛰어다니고, 남편과의 약속을 잊어버리고, 뭔가 열심히 집안일을 하는데, 진도는 안 나가고 체력은 바닥, 요리 한두 가지 하다 보면 주방은 금세 엉망진창이 된다. 여기까지 말하는데도 문장에서 정신 산만함이 느껴진다.

　반면 남편은 자신의 물건과 계획에 철두철미하고, 약속도 30분 전에 도착해야 마음이 놓이는 사람이다. 하루에 약속을 두세 가지 잡는 나를 이해 못 하며, 일정이 겹치면 남편은 한 가지 외에 모두 취소하는 편이다. 새로운 식당에 도전하기를 좋아하는 나와 실패하지 않게 검증된 곳을 선호하는 남편과의 외식 장소를 선택하기도 쉽지 않았다. 상대방에 대한 배려의 우선순위도 달랐다. 하나부터 열까지 다른 우리 부부는 갈등이 많았다. 성격 차이로 헤어지는 부부를 보면 백이면 백, 이해가 갔다. 그런 우리 부부가 벌써 13년 차가 되었다.

그렇게 서로 못 잡아먹어서 으르렁거리며 싸우기도 하고, 서로의 존재감을 거부하기도 했던 시절도 있었다. 그랬던 우리 부부는 요즘 매일 대화한다. 남편은 24시간 근무일 때도 쉬는 시간이 생기면 전화나 문자를 한다. 좀 더 깊은 대화를 해야 할 때면 아이들이 있는 집에서 나와 카페나 근처 공원으로 간다. 평소 커피를 즐겨 먹는 편은 아니지만 뭔가 이벤트적인 오감을 자극하기 위해 2,000원 안팎의 테이크 아웃 커피를 산다. 커피를 마시며, 남편이 자주 하는 말이 있다.

"우린 원 팀이야! 같은 팀끼리 팀 킬 하지 말자!"

목사님께 배운 이 한마디가 우리 부부가 싸워야 할 명분을 지워줬다. 언제 싸웠냐는 듯이 서로 마주 보면서 풉~ 하고 웃는다. 여전히 우린 서로 다르지만, 큰 힘이 된다. 내 편이 있다는 게 참 좋다. 만약 여러분의 가정에도 의견이 맞지 않아

큰 소리 대화가 오고 간다면 흐름과 상관없이 이렇게 말해보
자.

　"우리 원 팀이잖아~"

장현순의 글

이름 바꾸기 챌린지
존경하는 남편

다른 사람들은 핸드폰에 가족의 이름을 어떻게 저장해 놓는지 궁금하다. 어떤 사람은 남편을 00 아빠, 서방님, 남의 편, 심지어 이름 세자 그대로 저장해 놓는다. 나는 7년 전부터 핸드폰에 남편을 '존경하는 남편'이라고 이름을 저장해 놓고 있다. 주변 사람들이 우연히 남편한테 전화 온 내 핸드폰을 보면 '아~ 존경!'하며 내 얼굴 한번, 핸드폰에 적힌 이름 한번 보며 대화의 주제로 이어져가는 경우가 많았다.

하루는 둘째 아들이 잠들기 전에
"엄마, 사랑해, 그리고 존경합니다."

나는 깜짝 놀랐다.

"뭐라고? 존경한다고?"

"응, 엄마가 아빠 이름을 존경한다고 해서 배웠어."

아들이 나의 행동을 보고 있다는 것에 새삼 놀랐다. 아이들은 가정에서 많은 것을 처음 보고 배운다. 그렇게 아이들은 부모의 모습을 보면서 성장한다. 그리고 우리는 서로 존경하는 부부가 되었다. 내가 혼자서 잘 안 챙겨 먹을까 봐 직장에 있는 동안 식당에서 잘 차려진 밥상을 찍어서 내게 보낸다. 가정주부는 누군가 차려준 밥상이 제일 맛있다.

"나도 그 밥 먹고 싶다."

"혼자 있어도 잘 챙겨 먹어. 우리 아내가 좋아하는 닭발도 사 줘야 하고, 맨날 배고프다고 하는 아이들 먹여 살리려면 나도 열심히 일할게. 대충 먹지 말고, 운동 꼭 하고. 그래야 기운이 생겨서 다른 것도 할 수 있어."

잔소리인 듯 잔소리가 아닌 남편의 말 한마디에 다시 일어날 힘을 얻는다. 신혼 때부터 참 많이 싸웠던 과거가 어렴풋이 생각이 난다. 하지만 남편의 이름을 바꾸고 나서 우리는 서로 많이 변하고 있다. 안 싸운다면 거짓말이고, 서로의 입장을 헤아리면서 이해하며 맞춰 간다. 아내의 고민이 남편 자신의 고민이 되어 관련된 영상을 찾아보고 링크를 보내주기도 한다.

남편을 시작으로 가족들과 지인들의 이름도 바꿔갔다. 밝고 건강한 딸, 가족의 버팀목 튼튼 아빠, 행복 가득 김치 짱 엄마, 지혜롭고 건강하신 시어머니, 듬직한 동생, 능력자 올케, 허리 튼튼 큰형님, 최고의 미인 작은형님, 미소 천사 00, 최고의 반주자 00, 최고의 실버 댄스강사 00, 최고의 강사 00, 고민 상담가 00, 든든한 멀티 짱 00, 행복 나눔 00 등 이름을 바꿔나가다 보니 나는 정말 행복한 사람이란 걸 알게 되었다. 대단한 게 아닌 말 한마디라도 따뜻하게 주고받을 수 있는 관계를 이어가고 싶다.

　　말하는 대로 이루어진다.
　　기록한 대로 이루어진다.
　　생각하는 대로 이루어진다.
　　기도하는 대로 이루어진다.

　나를 사랑하고, 타인을 사랑하는 시간을 가져보면 세상이 달라 보인다. 오늘 하루 나와 가족의 이름, 주변의 소중한 사람들의 이름을 바꿔 보자. 내 주변에는 이렇게 귀한 사람들이 넘친다는 걸 알게 된다. 내가 힘들 때 도와줄 사람들이 많은데, 오해하고 살았다. 하지만 지금이라도 발견할 수 있어서 감사하다. 우리 앞을 가로막는 것처럼 보이는 문제들의 이름을 바꿔 보자. 미래가 소망스럽다. 당신과 나, 우린 참 행복한 사람이다.

장현순의 글

레드우드,
서로에게 뿌리가 되어
살아가는 힘이 된다면

　세계에서 가장 큰 '레드우드(redwood)'라는 나무가 있다. 이름대로 나무의 속이 붉은색을 띤다. 이 나무가 비바람과 폭풍을 이겨내고 대개 400~800년 동안 장수할 수 있는 것은 바로 뿌리 때문이다. 보통 나무의 뿌리는 땅속 깊이 아래로 뻗어 내려가는데, 레드우드는 옆으로 뿌리를 이어간다. 뿌리가 서로에게 단단한 힘이 되어주는 것이다.

　자연을 통해 지혜를 배운다. 인생도 그렇다. 장수마을의 특징을 보면 각 집에 숟가락 몇 개인지 알 정도로 서로의 사정을 잘 알고, 아프거나 고민이 있을 때 들어주고, 챙겨준다고 한다. 서로 지탱하는 힘이 그 어떤 영양제보다도 장수에 효과가 있다는 것이다. 이는 우리가 살아가면서 사람에게 상처받아도 사람과 더불어 살아가야 하는 이유이기도 하다. 가상의 세상이나 AI와의 친구가 아닌 사람 냄새나는 세상에서 옥신각신하며 살아야 한다.

아기자기한 그림책 《100층짜리 집》에서 보면 1부터 100까지 숫자를 재미있게 익혀나갈 수 있다. 주인공 도치는 자신을 100층짜리 집 꼭대기에 초대한다는 초대장을 받고 100층짜리 집에 가기로 결심한다. 아이들이 도치를 따라 10층씩마다 다람쥐, 개구리, 딱따구리 등 동물이 사는 100층짜리 집을 탐험해나간다.

우리가 살아가는 세상은 100층짜리 집처럼 상상하지 못한 세계가 많다. 그 과정에서 우리는 갈등이 생기고, 상처도받는다. 사람들은 일보다 인간관계의 무게를 더 어려워하고 못 견딘다. 어렵게 취직한 직장에서 상사와의 관계 문제로 이직을 결정하고, 시댁에서 고부갈등으로 연을 끊기도 한다. 일상생활에서 자기와 맞지 않다는 이유로 휴대전화의 '수신 차단'이라는 기능을 적극적으로 쓰는 사람을 만난 적도 있다. 물론 내 삶의 장애가 되는 관계는 과감하게 끊어낼 필요는 있다. 특히 심리적으로 지배하거나 서로 힘의 불균형과 같은 비정상적인 관계는 정리해야 한다. 하지만 사소한 오해와 갈등이 생길 때마다 인간관계를 모두 가지치기한다면 우리는 결국 혼자 될 것이다. 상처에서 벗어나지 못해 은둔형 외톨이로 고립되어 사는 사람을 본 적이 있다. 나는 그렇게 살고 싶지 않다. 우리는 더불어 살아가는 관계 속에서 성숙하게 살아가는 법을 배운다. 서로에게 뿌리가 되어 '시행착오'라는 밑거름을 받으며, 살아가는 힘을 얻는다면 우리는 건강하고 행복하게 장수할 것이다.

장현순의 글

상처 관리하기

운동신경이 유독 떨어진 나는 중학생 때 잘 넘어지는 편이었다. 그날도 교복 치마를 입고 등교하다 장애물을 발견 못해서 넘어지고 말았다. 한쪽 무릎에서 피가 나고 쓰라렸다. 그보다 학생들이 지나다니는 길에서 넘어진 게 너무 부끄러워서 빛의 속도로 벌떡 일어났다. 생각보다 상처가 깊어 양호실에 가서 치료받았다. 양호 선생님께서 빨간 소독약과 그 위에 연고를 발라주시고, 거즈와 반창고로 감싸 주었다. 그리고 집에 갔는데, 상처에 소독약과 진물이 굳어서 떨어지지 않았다. 부모님께 말씀드리면 됐을 텐데, 나는 다친 부위를 어떻게 해야 할지 몰라 강제로 거즈를 뗐다. 무릎의 살이 떨어지는 것같이 아팠다. 살면서 많은 상처가 생겼다가 없어졌는데, 유독 그때의 그 상처는 25년이 지나도 선명하게 남아있다. 만약 그때 상처를 잘 관리했다면 어땠을까? 무지가 낳은 결과이다.

우리의 마음이 괜찮은지 자주 들여다봐야 한다. 그 마음을 바라봐주지 않으면 아주 작은 상처가 곪아서 여기저기 감염될 수 있다. 몸에 상처 하나 없는 사람이 있을까? 대부분은 알게 모르게 상처가 생기고, 회복되기를 반복한다. 상처는 예고하지 않고 생긴다. 살면서 넘어지지 않는 사람도 없을 거고, 상처가 나지 않는 사람도 없을 것이다. 그런데 그 상처를 어떻게 관리하느냐에 따라서 깨끗하게 잘 아물 수도 있고, 흉터가 남아있을 수도 있다. 삶의 길을 걸어가다 보면 예상치 못한 사람을 만나, 계획하지 않은 방향으로 갈 때가 있다. 그럴 때면 나는 한 발 내디디는 것이 겁이 났다. 어떻게 해야 할지 몰라서 그 자리에서 아파만 한 적도 있다. 그때 누군가가 살포시 일으켜 주는 게 큰 힘이 되었다.

하루는 운전 중에 신호를 받고 있는데, 뒤에서 차가 박은 적이 있다. 그 접촉사고로 허리통증이 생겨 한의원을 다녔다. 그때 여러 일이 겹쳐 바쁜 상황이었지만 번거로워도 미래를 생각해 치료받았다. 의사는 허리와 어깨, 팔꿈치의 통증을 표현하는 나에게 따뜻한 말로 안심시켜주고 침과 뜸, 추나요법으로 치료해 주었다. 마음이 편안해지면서 그 여의사에게 몸을 맡겼다. 몸이 점점 회복되는 듯했다. 몇 차례의 치료 후 의사 선생님이 맥을 짚어보더니 '왜 그렇게 속에 화가 차 있어요?'라고 했다. 무엇 때문인지는 모르겠지만 속에 화를 담고 있으면 몸에 안 좋다며, 큰 소리로 노래를 부르면 좋다고 했다. 지금은 회복이 되어 병원은 가지 않지만 처방해 주신 대로 가끔 노래 부르다 보면 마음이 가벼워진다. 치유의 능력을 발견했다. 치밀어 오르는 화를 관리할 수 있는 나만의 응급처치법을 알게 된 것이다.

몸도 마음은 연결되어 있다. 몸의 상처는 마음에도 남고, 마음의 상처는 몸에도 영향을 준다. 우리는 수시로 몸과 마음을 돌아볼 필요가 있다. 상처는 결국 내 안에서만 작동하지 않고, 돌고 돌기 때문이다. 그렇기에 내 몸이 아프다고 느끼는 것과 아파하는 자기를 보는 것은 전혀 다르다는 걸 알아야 한다. 아프다고만 하는 자신에게서 벗어나 객관적으로 바라본다면 마냥 자기 안에서 파묻혀 살아가지만 않을 것이다. 소중한 나이기에 나의 상처도 잘 아물게 하고 싶다. 나를 잘 돌보는 힘은 다른 이를 향한 건강한 돌봄으로 이어진다.

장현순의 글

숨겨야 하는 화

나는 타고난 기질과 어릴 적 환경적인 영향으로 표현을 잘 못 했다. 특히나 부정적인 감정 표현을 못 했다. 누가 가르쳐 준 것도 아닌데, 부정적인 감정을 표현하면 주변 사람들을 잃을 수 있다는 불안감을 가지고 있었던 것 같다. 참는 것이 미덕이고, 혼자 삭이는 게 성숙한 사람이라고 생각해 말과 행동을 조심스럽게 했다. 나는 평생 긍정적인 감정은 적극적으로 표현하고, 부정적인 감정은 혼자 해결해서 제거해야 하는 줄 알았다.

감정을 참다 보면 평소에는 밝은 모습에 아무 일 없는 듯이 있다가도 나도 모르게 내 안에 괴물이 있는 것처럼 화를 분출할 때가 있다. 나의 가장 가까운 가족에서부터 지인들까지 풍선이 펑! 하고 터지는 모습에 얼마나 당황했을까? 감정은 억압이나 폭발이 아닌 표현의 대상이라는 말을 들었다. 마음과 세상 사이에 감정을 배출할 수 있는 작은 통로가 있어야 터지지 않기에 나는 마음이 답답할 때 남편이나 상담할 수 있는 분들을 찾아가 마음을 솔직하게 표현하는 연습을 한다. 만약 표현할 대상이 없다면 일기를 써 보거나 블로그에 자신의 마음을 자유롭게 적어 보는 것도 좋은 방법이다. 대화나 기록으로 정리하다 보면 인생에는 정답이 없는 게 아니라 다양한 답이 있다는 것을 알게 된다.

그림책 《소피가 화나면, 정말 정말 화나면》을 읽었다. 강렬한 원색과 직설적인 선으로 그린 그림이 마음을 뻥 뚫리게 한다. 즐거움과 행복, 기쁨과 같은 긍정적인 감정뿐 아니라 분노, 짜증, 공격성과 같은 부정적인 감정 역시 외면할 수 없는 자연스러운 인간 감정의 한 측면임을 보여준다. 무조건 부정적인 감정을 참는 게 아니라는 메시지는 내 숨통을 틔워준다. 물론 그 감정에 휩쓸려 실수하거나 돌이킬 수 없는 상황이 오지 않도록 내 감정을 잘 다스리는 게 중요하다. 암튼 그 모든 것을 자유롭게 표현할 수 있는 어린 주인공 소피와 모든 것을 감싸 안는 가족의 사랑 앞에 주인공의 마음이 정리되는 인상 깊은 그림책으로 꼽고 싶다.

요리 사업가인 백종원이 요리하는데 재료나 양념이 없을 때 "있으면 좋은데, 없어도 돼요."라는 말을 종종 한다. 조건을 다 갖추면 좋지만 없다고 포기할 필요까지 없다. 내 맘대로 레시피의 요리하듯 인생을 가볍게 살면 된다. 홀홀~ 바람이 나부끼는 방향에 따라 저 나뭇잎도 가볍게 날아가는데, 나는 왜 홀홀 털어 버리지 못하고 아파하고 있나 생각해 본다. 어느 곳에서든지 자연이 내게 가르쳐주려고 하는 것들을 기꺼이 배워본다.

'말하지 않아도 알아요~'초코파이의 광고가 '말하지 않으면 몰라요~'로 바뀌었다. 사실 지나고 보면 다 아무것도 아니다. 다만 표현하지 않아서였다는 걸 알게 되었다. 하지만 어떤 것도 괜찮다. 나를 위협하는 게 아닌 우리의 삶을 더 나아지게 하는 과정이다. 게임 캐릭터가 레벨 업 하는 과정이다. 얼마나 설레는 일인지 모른다.

앤서니 브라운의 《돼지책》의 책 표지를 보면 엄마가 세 남자를 등에 업고 있다. 우리 부모님의 시절에서는 아무리 힘든 일이 있어도 가족을 위해 희생하는 게 미덕이었다. 어쩌면 그 희생으로 개인과 사회가 성장한 밑거름이 되었다고 본다. 책의 내용을 보면 집에서는 어떤 집안일도 함께 하지 않는 남편과 두 아들을 보며, 엄마가 남긴 메시지에는 '너희들은 돼지야!'이다. 엄마가 없는 집은 말 그대로 돼지우리가 되었고, 가족들은 엄마가 제발 돌아오길 애원했다. 그 후 엄마는 돌아오고, 집안일은 가족 전체의 몫이 되었다. 어쩌면 엄마의 마음을 표현했기에 가족의 변화를 만들었고, 엄마 자신의 꿈인 자동차 수리하는 일도 이룰 수 있었다. 나쁜 감정은 없다. 편견일 뿐이다. 어떤 감정이든 먼저 나 자신부터 수용하자. 수용하고 표현하는 데서부터 변화는 시작된다.

장현순의 글

서툴러도 내딛는
한걸음이 주는 성장, 비움

　야무지고 재빠른 손으로 정리 정돈과 살림 잘하는 사람들을 보면 그게 나였으면 하고 상상해 보곤 한다. 신박한 정리, 3배속 살림법, 전국 살림 자랑…. 내가 좋아하는 키워드다. 가정주부인 나는 정리 정돈을 잘하고 싶다. 하지만 서툴다. 정리 정돈을 잘해서 책도 쓰고, 유튜버 영상을 올리는 사람들을 보면서 그들의 찐팬이 되어 '구독'도 하고, '좋아요'도 누른다. 물론 그들의 책도 소장하고 있다. 우리 아이가 아이돌 가수를 좋아하는 기분이 이런 걸까? 부족함을 채우려고 하는 욕구가 성장의 촉매 역할을 한다는 생각이 든다.

옷은 드레스룸에, 책은 책장이 있는 방에 넣으면 되지만 뭔가 모르게 정리가 어렵다. 주부 13년 차인데도 살림이 쉽지 않아 정리 정돈과 관련된 영상과 책을 보면서 공부를 시작했다. 가구 재배치를 위해서 책상과 책장을 이 방에서 저 방으로 옮기고, 거실에 있는 식탁 배열이 바뀌는 것을 보면 남편은 어디서 그런 힘이 나오냐며 감탄하며, 더 이상 변화를 원치 않는 눈치다. 그러나 나는 더 나은 삶을 위해 노력한다. 그렇게 시행착오를 거치면서 최적화된 넓은 공간과 맞아떨어지는 라인에 만족스럽다. 물론 언제든지 생각이 바뀔 수 있다는 변화의 가능성을 열어 두면서.

미국 최고의 공간관리 전문가인 줄리 모건스턴은 "가진 것을 알면 버릴 것이 보여요."라고 말한다. 처음에는 무조건 열정적으로 하면 된다 생각해 구석구석 꼭꼭 박혀 있는 물건들을 모조리 다 꺼낸다. 이사하는 집처럼 겹겹이 쌓여있는 물건들을 보기만 해도 지친다. 물건이 얼마나 많은지 놀라울 따름이다. 정리하는 시간이 생각보다 많이 걸리지만 나의 살림을 응원해 주시는 친정 엄마표 살림 도구를 발견하고는 엄마의 마음이 느껴져 다시 한번 기운을 내 본다. '오늘의 집'에 나올 만한 예쁜 집을 상상하며 하나하나 사 모은 것들이 관리가 되지 않아 예쁜 쓰레기가 되어 내 앞에 있다. 그래도 포기하지 말자. 잘 분류해 보고자 산 정리 수납함이 자신의 먼지를 닦아 달라고 나에게 신호를 보낸다. 그래, 결심했어! 결국 갈 곳 잃은 책장을 나눔하기로 했다. 휴, 물건의 총량이 돌고 돌아 결국 '0'이 된다는 것에 이 주부를 철학자로 만든다.

두둥, 옷장을 열었다. 계절이 바뀌었다고 산 옷, 스트레스 푼다고 산 옷, 집에서 청소할 때 입을 거라고 놔둔 낡은 옷, 사춘기 딸이 안 입는다고 빼놓은 옷, 결혼 전 날씬할 때 입었던 옷까지 분류하자면 사연이 많다.

《백설 공주》에서 나오는 거울에게 "거울아, 이 상황을 어떻게 해야 하니?" 물어본다. 나와 마주한 거울이 내게 말한다. "152cm 키는 늘릴 수 없으니, 우선 살부터 빼세요." 내 몸의 지방 덩어리를 빼야 하지만 쉽지 않다. 꾸준한 유산소 운동과 근력 운동, 그리고 밀가루와 거리두기를 해야 한다. 변화가 필요했고, 눈에 보이는 것부터 비우기로 했다. 추억 때문에 쌓아 놓은 설렘 없는 옷은 모조리 비우기로 했다. 뭐든지 쉽게 얻어지는 건 없다. 더하는 것보다 빼는 게 더 어렵다. 하지만 비우다 보니 어느새 속이 시원하다. 이렇게 개운할 수가! 최고의 정리 정돈은 역시 비움이다.

말하기에도 비움이 필요하다. 아이들을 향한 조바심 때문에 엄마의 마음이 앞서 목소리 톤과 말투가 격해진다. 속사포처 잔소리를 쏟아 내다보면 아이들의 감정도 안 좋고, 엄마인 나도 속에 화가 차오르는 듯하다. 욕심과 기대치를 조금 내려놓으면 평화가 찾아온다. 개인적으로 나는 각자의 공간에서 심호흡을 한 후 아이들과 함께 랜덤 댄스를 하다 보면 집안 분위기가 바뀐다. '암, 다 성장하는 과정이지.' 임신했을 때 뱃속의 태아에게 '아가야, 건강하게만 자라다오.'라고 말했던 초심을 잃지 않기로 한다. 별문제 없이 학교생활도 잘하는 아이들이 보며 감사하기로 한다.

마음을 비우니 모는 게 감사하다. 물론 쉽지는 않다. 그래서 독서와 글쓰기를 통해서 마음을 정리 정돈한다. 끄적끄적 기록하다 보면 어느새 강력한 나만의 메시지가 남는다. 글을 쓰면서 삶을 돌아본다. 오늘 이 시간이 나에게는 비우는 시간이다. 마음을 비우고 정리하다 보면 훨씬 가벼워진다. 가벼워진 몸과 마음으로 오늘 하루를 시작한다.

장현순의 글

힘을 빼야
아름다운 소리가 나는 악기

내 평생에 《개미와 베짱이》에 나오는 베짱이가 연주하는 악기를 손에 들게 될 줄은 몰랐다. 예전에 우연한 기회로 우쿨렐레를 배웠는데, 운지법도 헷갈리고, 손가락 끝이 아파서 포기했다. '절대 현악기와는 친해질 수 없어!' 그 이후로 현악기는 나와는 안 맞는 악기라고 단정 지었다. 다행히 나는 초등학생 때부터 배운 피아노로 1인 1악기를 할 수 있음에 만족하기로 했다. 그런데 인생을 살면서 '절대'라는 말은 함부로 쓰는 게 아니라는 생각이 든다.

둘째 아들에게 악기를 가르치고 싶어서 선택한 바이올린! 사실 난 그 악기에 대해 잘 모른다. 단지 바이올린 선생님이 좋아서 아들이 선생님의 음악적 선한 영향을 받으면 좋겠다는 작은 마음 하나로 선택했다. 그런데 뛰어다니는 걸 좋아하는 아들이 가만히 서서 한쪽 어깨로 악기를 지탱하고, 오른손가락은 힘을 빼서 활을 긋는다는 게 여간 어려운 일이 아닐 수 없다. 매번 렛슨을 할 때마다 바이올린이 싫다고 표현하는 아들, 엄마로서 선택해야 했다. 남편과 의논하에 우리는 계속 수업을 이어가기로 했다. 쉽게 포기하고 싶은 상황이 와도 꾸준히 이어갈 수 있는 경험을 가르쳐 주고 싶었다.

그렇게 해서 나도 바이올린을 들었다. 절대 친해질 수 없는 악기라고 생각했는데, 막상 아이랑 함께 렛슨을 하면서 참 매력적인 악기를 발견한 느낌이었다. 운지법도 생소하고, 각도도 중요한 악기다. 그러다 내가 바이올린을 켤 때 끽- 거리는 소리가 왜 나는지 궁금했다. 선생님 왈, 팔에 힘을 빼야 활에 힘이 고루 들어간다고 한다. 그런데 내 몸은 점점 힘이 들어가고 굳어져 갔다. 팽팽한 줄을 긋다 보면 불가능에서 가능으로 넘어가는 징검다리를 건너가는 듯 아슬아슬한 느낌이 든다. 비록 이제 막 몇 달을 배운 초보 연습생이지만, 악기에서 흘러나오는 선율을 듣고 있으면 바이올린이 자꾸 좋아져 활을 잡게 된다.

어버이날을 앞두고 김해에 있는 시아버지 산소에 갔다. 예전에 어느 장례식에 갔는데, 바이올린의 찬송가 연주가 너무 감동적이었던 게 기억난다. 바이올린을 시작하면서 나도 언젠가 그 아름다운 선율을 흉내 내고 싶었다. 산소로 나서는 날, 나는 바이올린을 들었다. 분위기가 이상해지거나 서투른 실력에 가족들이 실망하진 않을지 남편과 얼마나 고민했는지 모른다. 할지 말지 고민이 될 때는 하는 게 맞겠다는 소신대로 시아버지 산소 앞에서 찬송가 '예수 사랑하심을'을 연주했다. 시부모님께서 좋아하시는 곡을 4절까지 가족들의 찬송에 맞추어 연주하는데 괜스레 찡해졌다.

아들을 통해 나에 대해 정해 놓은 한계는 얼마든지 움직일 수 있다는 것을 알게 되었다. 역시 사람은 함부로 무언가 단정하면 안 된다. 인간관계에서도 나와 결이 다르기에 가까이할 수 없는 사람이라고 함부로 단정하면 안 된다. 그 선은 얼마든지 움직일 수 있다.

물 흘러가듯 하다 보면 정리가 된다. 몸이 경직되면 어깨도 아프고, 악기 소리도 귀에 거슬리는 것처럼 마음도 그렇다. 복잡하고 경직된 마음은 정작 자기 자신을 괴롭힌다. 힘을 빼야 아름다운 소리가 나는 악기, 바이올린을 통해 인생을 배운다.

장현순의 글

성장을 위해
마음을 비우는 시간,
리셋

"새로운 일을 시작하는 용기 속에 당신의 천재성과 능력과 기적이 모두 숨어 있다."는 괴테의 말이 떠오른다. 삶의 희망이 내 마음 문을 두드린다. 나를 읽고, 쓰면서 마음을 다스릴 수 있는 시간이 되었다. 결과는 중요하지 않다. 누구라도 나처럼 실행한다면 정리할 수 있다. 이제는 그 문을 열어보려고 한다. 나 스스로는 할 수 없다. 쓰러져 가만히 바닥에 엎드려 있는 나를 주변의 사랑이 일으켜 주었고, 나를 숨 쉬게 하고, 움직이게 했다.

나를 읽고, 쓰는 과정을 통해 과거를 리셋(reset)하기로 했다. 내 머리는 컴퓨터처럼 단축키 하나로 좌지우지되지는 않지만, 나의 소망이라는 단축키로 덮어버리기로 했다. 물론 과거의 시간이 있었기에 지금의 내가 존재한다. 스쳐 지나간 많은 인연 앞에 감사할 따름이다. 그분들이 없었다면 지금의 나는 존재할 수 없다. 누군가가 나에 대해 한 말이 소화되지 못해 체하기도 하고, 아파하기도 했다. 하지만 최악의 상황일 때 더 많이 성장한다는 걸 알았다. 그래, 기왕 먹는 거 맛있게 먹자. 이유식만 먹을 수 없다. 움직이는 산낙지도 먹어보고, 청양고추가 들어간 된장찌개도 먹어보자. 다 피가 되고 살이 된다. 사실 관심도 없으면 말도 안 한다. 《강아지똥》 이야기처럼 나의 미성숙함에 주눅 들거나 괴로워하지 않고, 인정해 보자. 그 무언가에 흡수되어 좋은 양분이 되어 예쁜 민들레를 피우고 싶다. 새로운 일을 시작해 보면서 민들레처럼 바람이 데려다주는 곳으로 자유롭게 소망의 씨를 뿌리고 싶다. 또 다른 내면의 내가 속삭인다.

'넌 아프지 않아. 네 마음을 말과 글로 표현할 수 있다는 건 건강하다는 거야.'

장현순의 글

Just Do It!
4월 24일 수요일

아! 난감하다. 책 쓰기에 함께 하겠다고 결정한 순간부터 자기검열의 늪에 푹 빠졌다. 지난밤 늦게까지 줌으로 만나 일정을 정하고 글쓰기 기본 강의도 들었다. 2주 이내에 A4 열 페이지를 써야 한다. '나를 읽고 나를 쓰다'라. 아침부터 부슬비가 내리고 있고, 내 마음은 비 맞은 양 축 처진다.

깜냥도 안되면서 이렇게 시작해도 될까. 꽉 짜인 일정 속에 쓸 시간은 있을지. 내가 책을 쓴다면 다들 비웃지 않을까. 누가 끝까지 읽기나 할까. 종이 아깝게 쓸데없는 짓 하는 건 아닐까. 그러다, 출판사에서 글 좋다고 개인 저서 내자고 하면 어쩌지. 누구한테 먼저 알려줄까. 저자와의 대화에서 뭐라고 하지. 내 속의 또 다른 나는 이미 앞서나가고 있다. 오글거리는 망상으로 바람이 들어 붕붕 떠 오른다. 더욱 난감하다.

나는 갑진년(甲辰年)에 태어났다. 올해가 다시 갑진년이니 유월이면 환갑이다. 막연히 환갑쯤에는 책 한 권 내고 싶다는 마음을 가지고 있었다. 마침 기회가 되어 잡긴 했으나 막막하다. 나 같은 사람이 책을 내도 되는지 계속 묻고 있다. 이 나이 먹도록 이렇게 주눅이 들어있었나? 나는 나를 어떻게 보고 있는 걸까? 자기 정리도 제대로 안 된 사람이었나? 마음에서 근본적인 질문들이 무수히 쏟아져 나온다. 자기 전에 듣는 '오디오 클립'에서 은유 작가가 이런 말을 했다.

사람의 위계를 나누고, 어떤 일에 엄격한 기준을 세우고, 자격을 묻고, 서열을 매기고, 평가하고, 하는 식의 사고에 굉장히 익숙하죠. 어렸을 때부터 그렇게 자라왔으니까요. 누가 이렇게 우리의 기를 죽여놨을까요? 존재를 위축시키고, 패배 의식에 젖게 하는 한국 특유의 정서와 문화가 있어요.

"나 같은 사람도 글을 잘 쓸 수 있을까요?"라는 질문에 대한 답인데 귀에 쏙 들어왔다. 편들어 줄 변명거리를 찾고 있었으니 그럴 만도 하다.

이래저래 걱정이 앞서고 자신이 없으면, 나의 동지, 딸에게 카톡을 보낸다. 우린 힘들 때 서로에게 징징대는 사이고, 지금 난 등 떠밀어 줄 누군가가 필요하다. 과제와 논문의 수렁에 빠져 허우적대고 있는 딸이 영국 시각 새벽 2시에, 귀찮다는 듯 한마디로 답을 보내왔다. Just do it!

"그래, 세상에 쓸모 있는 것만 있다면 재미없지. 까짓것 한번 해보자."라며 용기를 살짝 끌어 올리고 나니, 고레에다 히로카즈 감독이 쓴 《걷는 듯 천천히》에서 다음 부분이 눈에 들어왔다.

영화 〈진짜로 일어날지도 몰라 기적〉에서 오다기리 조가 연기한 아버지는 아들에게 이렇게 말했다.

"세상에는 쓸데없는 것도 필요한 거야. 모두 의미 있는 것만 있다고 쳐봐. 숨 막혀서 못 살아."

이것까지 인용하는 것을 보니 역시 나는 여전히 자신은 없다. 그러나 책임감은 있으니 글 벗들 사이에 꼽사리 끼어 가면 마감은 지켜낼 것이다.

포틀럭 파티에 음식 하나 가져가듯 공동저서 프로젝트라는 밥상에 내 글 몇 점 내놓고 함께 나누는 마음으로 가보자. 맛은 어떨지 모르겠으나 내가 만들 수 있는 것으로 정성껏 준비해서, 우리만의 작은 모임에 참여하는 마음으로 가볍게. 이제 글 쓸 준비가 쪼금 된 것 같다.

정윤의 글

그땐 그게
최선이었단다
4월 25일 목요일

아침부터 스산하게 춥다. 4월 말에 눈이 오기도 하는데 지난주에 이상고온이 며칠 계속되자 학교는 성급하게 난방을 냉방으로 바꿨다. 춥거나 말거나 얇은 스웨터 차림의 옆자리 선생님은 어제 초등학교 공개수업에 다녀와 기분이 좋다. 아이가 대답도 잘하고 뒤에 서 있는 자신을 쳐다보며 웃기까지 했다고 싱글벙글한다. 그 모습을 보면서 16년 전 딸의 모습이 떠올랐다.

공동육아로 몸과 마음이 야생 그 자체인 아이를 초등학교에 보낸 지 2년째, 이번 공개수업에는 꼭 엄마가 오라고 했다. 그전 해엔 할아버지가 참여했었다. 교실에서 똥이는(딸의 예명) 맨 뒤에 앉아 손도 들지 않고, 책상 밑으로 기어들어 가고, 선생님 질문에 성의 없이 대답할 뿐 아니라 나오는 눈도 마주치지 않았다. 집에 와서 물어봤다. "엄마를 오라고 했을 때는 뭔가 보여주고 싶었을 건데, 왜 그랬어?" 이렇게 대답했다. "엄마가 와서 내가 얼마나 지겨워하고 있는지 봤으면 싶었어." 신나게 쌓고 있던 모래성이 파도에 휩쓸려 무너졌다. 딱 그 느낌이었다.

공교육에서 뼈가 굵은 교사의 눈에 이 아이는 미래의 부적응아였고, 어느 날 내가 학교에 불려 가게 될 장면이 눈앞에 펼쳐졌다. 무엇보다 그녀가 행복하지 않겠다는 생각이 들었다. 결단을 내려야 했다. 나중에 왜 자기를 대안학교에 보내 옆길로 새게 했냐고 묻는 상황이 벌어지면, 뭐라고 할까. 준비한 대답은 이랬다. "음, 그땐 그게 최선이었단다."

즉시 과천에 있는 '무지개학교'로 옮겼고, 그곳에서 똥이는 10대를 다 보냈다. 아이를 키우는데 한마을이 필요하다는 아프리카 속담을 믿고, 미래의 행복에 현재를 담보 잡히지 말자고 '호기'를 부리며, 아름드리 메타세쿼이아와 은행나무로 덮여있던 시절, 도시의 구석진 곳에 학교를 세운 한 무리의 '무모한' 어른들 덕분에, 똥이의 학창 시절은 신남, 그 자체였다. 학과 공부가 부족하여 대화에서 엉뚱하게 빗나가기도 했지만, 주눅 들거나 밀리지 않았다.

학교에서 집까지는 걸어서 5분 거리였는데, 그녀의 하교 시간은 어떤 때는 1시간도 넘게 걸렸다. 담장 너머로 장미 넝쿨이 자라던 동네 골목을 따라 이집 저집을 들여다본다. 강아지하고 놀고, 길고양이 챙기고, 토끼풀로 팔찌를 만들고, 아카시아 줄기로 파마도 하면서. 어느 날은 도시락 가방에 뒷다리를 다친 새끼 쥐를 고이 넣어 오기도 했다. 신발장에서 하루를 보살피고 다음 날 살려서 보내주었지만, 그녀가 또 뭔 짓을 할지 무서웠다. 그러다 데려온 주먹만 하던 새끼 고양이는 지금 8킬로에 육박하는 거대 묘가 되어 글 쓰고 있는 내 옆에서 어슬렁거린다.

내가 똥이를 키우며 잘한 일이 있다면 그녀가 ADHD일지 모른다며 호들갑 떨지 않은 것이다. 나중에 보니 주변 사람들은 모두 걱정의 눈빛으로 바라보았는데 정작 엄마인 나는 태평하게, "음, 녀석, 무척 씩씩하고 활발하군. 잃어버리지만 말자."라고 생각했다. 잃어버리지 않는 것이 내 육아의 최대 목표였다. 어려서 산과 들을 선 머슴애처럼 뛰어다녔던 엄마 눈엔 네발로 문틀을 기어오르던 딸이 전혀 이상하게 보이지 않았다. 같이 오르고 싶다는 마음은 가졌을망정.

마케팅을 공부하고 있는 딸이 얼마 전 말했다. '윤리적 마케팅'이란 과목이 있는데 할수록 재미있다고. 자신이 특별히 윤리적이거나 모범적인 사람이 아닌데 왜 이게 재미있는지 궁금해서 곰곰 생각해 봤단다. 아무래도 '무지개학교'의 철학이었던 공동체주의와 협동심이 무의식에 깔려있고, 학생들이 주도하여 정한 프로젝트를 함께 이뤄내었던 뿌듯함이 남아 있어서 그런 것 같다고 했다. 맞는 말일지도 모른다.

조금 전, 한 달간 작업해서 완성한 바로 그 과목의 과제가 중간 피드백에서 걸려 처음부터 다시 쓰게 되었다고 카톡이 왔다. 세상사가 이래서 재미있다. 좋다고 달려들면 배신으로 답하기도 하니 말이다. 지금부터 한 달 동안 써야 할 과제가 두 개는 더 있는데, 가장 정성을 기울였던 것까지 다시 해야 한다니 듣는 나도 아득해진다. 다시 카톡이 왔다. "나 걱정하지 마. 어떻게든 해낼 거야." 과연 많이 컸구나 싶어, "당연하지. 누구 딸인데."라며 쿨하게 답했다.

얼굴이라도 보려고 화상대화를 했더니 받지 않는다. 대신 문자가 왔다. "지금 너무 감정적이라 엄마 얼굴을 못 보겠어. 미안해. 너무 힘들어. 완전 멘붕 상태야." 그러면 그렇지. 지나고 보면 별일 아니지만, 당할 때는 세상이 무너진다. 살다가 하늘이 무너져 내리는 경험은 누구도 피할 수 없다. 각자의 하늘이 나름의 모습으로 무너지고 남의 눈에 하찮아 보여도 당사자가 느끼는 무게는 아무도 가늠할 수 없다.

30년 전 플로피 디스크가 깨지는 바람에 담아둔 석사논문이 하루아침에 날아가서 다시 썼던 기억이 난다. 딛고 있던 땅이 천 길 낭떠러지로 꺼졌었다. 무너진 하늘은 지나고 나서 다시 올려다보면 그대로 있다고, 지금 그녀에게 말해줘 봐야 소용없겠지만, 사실이다. 세상은 결코 자기 계획대로 돌아가지 않으니, 그때 할 수 있는 최선만이 답이다.

수도 없이 무너졌던 나의 하늘도, 다시 한쪽 귀퉁이가 위태롭다. 책 쓰기의 주제가 모래알처럼 흩어지고 뭘 써야 할지 머리를 잡아 뜯고 있으니 말이다. 내 코가 석 자라 딸은 뒷전이다. 이제 각자도생할 나이도 되었고.

정윤의 글

난 뼛속까지 교사다
4월 26일 금요일

금요일 오후는 창의적 체험활동 시간이다. 자율적으로 운영되는 시간이라 점심을 먹고 나면 집에 가고 싶어 안달이 난다. 얼른 가서 따뜻한 물에 샤워하고 밀린 책을 읽거나 영화를 보며 쉬고 싶다. 혼자 즐기는 나만의 이 시간이 얼마나 소중한지, 전투를 마치고 잠시 휴식을 취하는 최전선의 군인들은 내 심정을 알 것이다. (이게 비교 대상으로 성립이 되냐고 째려봐도 어쩔 수 없다.)

언젠가 택시를 탔는데 기사님이 "선생님이세요?"라고 해서, "어떻게 아셨어요?" 놀라 되물었더니, "그냥 딱 선생님

같아요." 했다. 기분이 썩 좋지는 않았다. 뭘 보고 그렇게 생각했을까? 어떤 날은 마주 걸어오던 어린아이가 눈이 마주치자, 긴가민가하는 표정으로 쭈뼛 인사를 했다. 절대 아는 사람이 있을 리 없는 장소에서 말이다. 신기한 일이다.

사실 따지고 보면 난 뼛속까지 교사다. 태어나서 살기 시작한 곳이 학교 사택이었다. 어느 이른 아침, 아버지 손을 꼭 쥐고 시골 초등학교 운동장을 가로질러 걸어갔고, 바닥이 흙이었던 교실 맨 앞자리에 앉아, 천장에 매달린 비닐 어항 속 물고기를 구경했다. 나중에 물어보니 4살 때라고 하는데, 지금도 그날 느낀 경이로움이 내 속에 살아있다. 이후 이 나라의 공교육 현장에 학생으로 있었고, 대학 졸업 후 바로 발령을 받아 지금까지 37년째 그곳에서 가르치고 있다. 그러니 '나 교사'라는 표시를 이마에 붙이고 있는지도 모를 일이다.

어려서 장래 직업이 교사였던 적은 없었다. 대학 원서를 쓸 때까지도 사범대에 갈 생각은 해보지 않았다. 특별한 꿈도 없이 주입식 교육을 받았던 세대이니 이상한 것도 없다. 나의 교사 생활은 의지와는 무관하게, 이미 정해져 있었던 것은 아닐까, 생각한다. 돌아보면 운명처럼 일어난 일들이 많다.

세상이 나를 중심으로 돌아간다고 믿던 어느 젊은 날, 나는 성적이 낮은 학생들은 학교생활이 참 지겨울 거라 생각했다. 측은한 마음에서 어떻게든 잘 도와줘 보겠다고 열정적으로 가르쳤다. (주입식으로 마구 외우게 했겠지.) 어느 날 한 학생을 상담하면서 물어보았다. "학교 오는 거 재밌어?" 늘 축 처져 있고 수업 시간에 엎드려 있던 아이가 당연하다는 듯이 대답했다. "네. 재미있어요." 예상치 못한 대답이었다. "그래? 뭐가 재밌어?" 정말 궁금해서 다시 물어보았다. "친구들 만나서 노는 거요." 그때 깨달았다. 학교는 공부만 하는 곳이 아님을. 눈 앞을 가리던 오만한 어리석음이 한 꺼풀 벗겨졌다.

10년 전 4월, 당시 고등학교 2학년을 가르치고 있었다. 그리고 수학여행지로 가던 '그 배'가 아이들과 함께 가라앉았다. 복도에 걸어가는 학교 아이들의 통통한 다리와 뽀얀 팔뚝을 바라보는 것만으로 몸서리를 쳤다. 그날 이후 옆에서 숨 쉬고 있는 아이들이 마치 살아 돌아온 '그 아이들'처럼 느껴졌다. 그냥 그렇게 되어버렸다. 그리고 이곳에 남은 아이들이 행복하도록 말 한마디라도 용기를 주고, 자신의 사랑스러움을 확인할 수 있게 내뱉자고 마음을 다잡았다. 살아있다는 자체만으로 충분하니까. 삶을 향한 눈빛이 한 단계 순해졌다.

정년이 이제 약 2년 남았다. 올 2월부터 브런치 작가로 글을 쓰기 시작하면서 소개 글에 이렇게 썼다.

학교라는 공간을 떠난 본 적이 없었는데 이제 끝이 보입니다. 정찰 드론으로 글쓰기를 앞에 띄워 놓고 종료 지점까지 따라가 보려 합니다. 내 서툰 글이 남은 기간 같이 가는 페이스메이커가 되었으면 합니다. 이곳에 남을 글들이 나의 온 삶이었던 교직과 아이들을 향한 애정 표현이 된다면 바랄 게 없겠습니다.

브런치 자기소개글

정윤의 글

작은 손길과 웃음으로
4월 29일 월요일

학교가 중간고사 기간이라 오후에 엄마를 모시고 병원을 다녀왔다. 인공관절 수술을 받지 않은 오른쪽 무릎에 통증 주사를 맞으셨다. 80대 중반을 넘어가니 여기저기가 매우 불편하시다. 절대 변치 않을 것 같던 엄마가 어느덧 많이 늙으셨고, 이빨 빠진 호랑이가 되셨다.

우유부단하고 어리숙했던 나와 비교해, 엄마는 매사 분명하고 단호해서 대하기 벅찬 상대였다. 동생들이 태어나면서 나는 자주 할머니 댁에 맡겨졌고, 엄마와의 애착 관계 형성이 잘되지 않았다. 이건 나중에 심리학을 공부하면서 유추한 사실이다. 엄마인데 이상하게도 서먹했고 낯설었다. 늘 엄마의 칭찬과 인정이 고팠던 어느 날, 잠결에 머리를 쓰다듬는 손길을 느꼈다. 잠이 깨었지만, 눈은 뜨지 않았다. 엄마였다. 한 번도 느껴보지 못한 부드러운 손길이었다. 이마도 쓰다듬고, 눈썹도 가지런히 쓸어주고, 볼도 만져 주었다. 그 순간에는 온몸에 바짝 힘이 들어갔었지만, 마늘 냄새가 배어있던 그 손길은 평생 내 삶의 긴장감을 풀어주었다.

지금껏 나의 아버지 정영훈 씨가 큰 소리 내는 것을 본 적이 없다. 그 사실만으로 그분을 높이 평가한다. 그건 결코 쉬운 일이 아님을 살면서 터득했기 때문이다. 한번은, 늦은 밤 내 방문을 열고, 커피 한 잔 타 줄까, 라며 멋쩍게 웃으셨다. 대학 시절 어느 시험 기간이었다. 한참 만에 문이 다시 열리더니 특유의 어색한 웃음이 또 날아 들어왔다. 설탕인 줄 알았는데 소금을 넣어서 다시 물을 끓여야 한다고 하셨고, 나는 괜찮다고, 안 마셔도 된다고 웃으며 대답했다. 그날 밤에 오갔던 웃음은 삶에 걸려 넘어질 때마다 나를 일으켜 세워 주었다.

아이는 부모가 보여준 작은 손길과 웃음으로 평생을 살아내는 힘을 가진다. 나도 그랬다.

아버지한테 인생을 성공적으로 산 것 같으시냐고 질문한 적이 있다. "뭐, 남 보기에 크게 성공한 건 없지. 그래도 이 나이까지 큰 병 없이 산 것으로 나는 성공했다고 봐"라고 하셨다. 어려서부터 병약하여 할머니가 탁발하러 온 스님께 쌀 한 되를 가득 내주시고 아버지를 동쪽에 있는 바위에 파셨다. 그래서 당신의 호를 동암(東巖)으로 지으셨다 했다. 그 자리에서 나는 아버지가 성공하신 게 아니라 스님이 성공한 것 같다고 너스레를 떨었고, 아버지는 허허 웃으셨다. 큰 나무처럼 늘 곁에 계셔서 언제나 가서 기대었고, 아무리 바닥을 치고 헤매어도 믿어주셨다. "난 너를 생각하면 일이 잘 풀린다." 언젠가 들은 이 말은 힘들 때마다 어깨를 활짝 펴주었다.

엄마랑 순대 먹으러 다니는 친구들이 참 부러웠다. 나의 엄마 김호경 씨는 자녀들에게 엄하고 차가운 분이셨는데, 손주들에게는 세상 둘도 없이 자상하고 사랑스러운 할머니이시다. 천지개벽이 따로 없다. 이제 엄마는 나한테도 약한 존재로 다가온다. 평생 마음에만 담아두고 누구와도 나누지 않았던 삶의 뒷이야기를 틈만 나면 풀어 놓으신다. "내가 너 아니면 누구한테 말하겠노." 하신다. 살면서 처음 엄마한테 인정받고 효용가치가 생기는 순간이었다. 참 다행이다. 엄마가 지고 있는 과거의 무게를 나라도 나눠 가질 수 있어서.

아침에 일어나자마자 엄마는 내 블로그를 열고 읽으신다.

매일 포스팅을 하던 때에는 하루라도 글이 올라와 있지 않으면 전화로 무슨 일이 있냐고 묻곤 하셨다. 잠자고 있던 어린 딸의 머리를 몰래 쓰다듬던 엄마만의 애정 표현이고, 한 번도 말로는 해주지 않았던 엄마표 칭찬이다. 내 블로그의 변함없는 애독자인 엄마의 응원 덕분에 매일 글을 쓸 수 있었다.

누구나 한가지 복은 타고난다는데, 가만히 생각하니, 내가 돈, 사랑, 명예 같은 것은 젬병인 걸 보면 부모님 복이 있지 않나 싶다. 이 나이가 되도록 언제든 달려가 '칭얼'댈 수 있으니 그렇지 않은가. 참 이기적이긴 하지만.

정윤의 글

염원하고 염원하면
이루어진다
4월 30일 화요일

엄마는 내가 영어가 아니라 국어 선생이 되었더라면 진작 작가가 되었을 거라고 안타까워하신다. (그럴 리가요.) 학창 시절에 국어를 잘하긴 했다. 수학은 아무리 해도 이해가 되지 않아 힘들었지만, 국어는 저절로 되었다. 교과서에 나오는 시와 가사는 줄줄 읊조리고 다녔다. 선택의 연속이었던 인생을 돌아보니 아찔한 순간도 많지만, 영어를 선택한 것은 잘한 것 같다. 새로운 세상을 만날 수 있는 계기가 되었기 때문이다.

사춘기부터 할리우드 영화와 그 배우들에게 푹 빠졌었다.

당시 영화들이 내 눈에는 다 명작이었지만 인생에 직접 영향을 끼친 영화는 〈작은 아씨들〉이다. 1960년대에 만들어진 흑백영화로 크리스마스 시즌에 자주 방영되었는데, 볼 때마다 점점 내 세계를 파고들어 왔다. 당시 주인공 조를 닮고 싶어 몸살을 앓았다. 독립적이고 씩씩하면서 천방지축이지만 글도 잘 쓰는 그녀에게 푹 빠졌다. (결국 덜렁대는 것만 닮았지만.) 그리고 따뜻하고 포근하면서 소박하고 정이 넘치는 뉴잉글랜드 분위기에 매료되었다. 그곳에 가고 싶다는 마음이 싹트기 시작했고 〈31번가의 기적〉, 〈하버드 대학의 공부벌레들〉 같은 영화와 드라마를 보며, 그 바람이 얼토당토않게 단단히 뿌리를 내리며 자랐다.

염원하고, 염원하고, 간절히 염원하면 이루어진다는 믿음을 갖게 된 것은 마침내 그곳에 있는 대학에 가게 되었을 때다. 비록 전공은 했지만, 영어는 좋아하는 과목도 아니었고, 뛰어나게 잘하지도 못했으며, 학위에 대한 열의도 없었다. 단하나의 목적은 그곳에 가서 땅을 직접 밟아보고, 공기를 들이마시고, 사람들을 만나보는 것이었다. 얼마나 가고 싶었던지 밤마다 꿈을 꾸었는데, 어느 날 영어가 나를 그곳으로 데려다주었다. 1990년대 초, 인터넷이란 단어는 생겨나지도 않았고, 편지를 보내면 한 달 걸려 답장이 오던 때라 유학은 준비만 2년이 걸렸다. 뉴브리튼에 있는 코네티컷 주립대에서

TESOL 석사과정의 입학허가서가 배달되었을 때 꿈이 이루어진 느낌은 이런 것이겠구나 생각했다. 구름을 타본 적은 없지만 그 기분을 상상할 수 있었다.

이민 가방 세 개를 꾸려 이사하듯이 비행기를 탔고, 2년간의 내 인생 황금기가 시작되었다. 지금껏 어느 시기도 그때를 넘어설 순 없다. 빌 클린턴이 대통령에 당선되던 그해, 자본주의의 풍요로움이 정점에 와 있던 미국은 새로운 세상이었고, 온전한 자유가 보장되었으며, 20대의 청춘은 뭐든 할 수 있겠다는 자신감으로 충만했다. 동경 해오던 것들을 미친 듯이 만끽하며 세상을 돌아다녔다.

지나친 자신감이 내 삶을 틀어 놓게 될 줄, 그때는 몰랐다. 세상일이 자기 소망대로 되기도 하지만 이면에는 슬그머니 심술을 감추고 있기도 했다. 그 깨달음은 시간이 한참 지나서야 알아차렸다. 염원하는 것은 뼈를 깎는 노력이 있어야 이루어지지만, 그렇다고 꽃길만 펼쳐지진 않는다. 이제는 섣불리 소망하지 않는다. 그러나 강력한 염원의 초자연적인 힘은 믿는다. 어디 한 번 더 실험해 볼까. 지금 내가 간절히 이루고 싶은 것은? 노벨문학상? 하핫, 이건 너무 나갔다.

정윤의 글

자꾸 산에 끌린다
5월 3일 금요일

재량휴업일이라 쉬고 있는데 초고 60%를 써서 줌 모임 한 시간 전까지 파일을 제출하라는 메시지가 오픈 카톡 방에 올라왔다. 아직 주제도 왔다 갔다하고, 초고엔 마구 쏟아내면 된다지만 그것도 쉽지 않은 상태다. 저녁 약속에도 나가야 하는 데 언제 다 쓰나. 뒤돌아 앉아 한숨을 푹 쉬고 있는, 딱 지금 내 모습의 이모티콘을 올렸다.

일이 잘 풀리지 않을 때는 만사 제쳐두고 집 앞에 있는 산을 찾는다. 일단 걷다 보면 묘안이 생기거나 힘을 얻기 때문이다. 가는 길에 도서관에 들렀다. 빌린 책은 반납하고 상호

대차로 주문한 책을 들고나와 건널목을 건너 숲으로 들어갔다. 바쁜 듯 달려가는 차들의 소음 속에 달콤한 꽃내음이 코뿌리까지 찡하게 파고든다. 아카시아와 라일락이다. 오솔길을 따라 올라가니 신록의 숲이다. 신발을 벗어들고 맨발로 흙을 느끼며 천천히 올라갔다. 한발 한발 내디디면 발바닥이 강아지처럼 좋아한다. 세포까지 흙 기운이 가닿으면 걸음에 리듬이 생기고 숨이 깊어진다.

할머니가 내 탯줄을 자르셨다는 고향 집 앞에는 어느 마을에나 있는 앞산이 있었고, 산자락을 따라 실개천이 흘러 낙동강으로 연결되었다. 그렇게 만들어진 계곡을 따라 마을이 들어서 있는데 안방 문을 열고 마루로 나오면 앞산 줄기를 따라 멀리 들판이 펼쳐졌다. 날마다 산에 올라 나무에 거꾸로 매달리거나, 쌓아 놓은 짚단 위로 줄지어 올랐다가 친구 꽁무니를 따라 뛰어내리며 놀았다. 해가 반대편 산으로 넘어가고 집집이 굴뚝에 연기가 피어오를 때까지. 시간 가는 줄 모르고 산과 들을 뛰어다니며 뼈가 자랐고, 살이 올랐다.

1996년 1월, 우리나라에 처음으로 일반인을 위한 히말라야 트레킹이 시작되었다는 소식이 신문에 실렸었다. 동시에 함께 떠날 사람도 모집하고 있었다. 당시 내 한 달 월급 이상의 비용이 들었는데 그걸 신청했다. 뒷산 올라가듯 남대문 시장에서 구입한 허술한 기어로 트레킹에 합류했고, 해발

2,900m의 랑탕 밸리에서 시작하여 4,350m 베이스캠프까지 올라갔다.

샤워는 고사하고 세수도 못 했고 롯지에서의 밤은 매서웠다. 오리털 파카를 입어도 통나무 벽 사이로 들어온 바늘 같은 산바람이 침낭을 뚫고 들어왔다. 한밤에 쳐다본 하늘은 8,000m가 넘는 산봉우리로 둘러싸여 마치 우물 바닥에 앉아 쳐다보는 것만큼 깊었고, 그 안으로 쏟아지는 별빛은 송곳처럼 내리꽂혔다. 반소매로 시작했으나 점점 눈이 차올라 허벅지까지 빠지는 구간도 있었다. 마지막 날 캠프에서 젖은 양말을 말리며 우리 짐을 지고 올라온 셰르파들과 어깨동무하고 밤새 춤을 추었다. 그리고 다음 날, 양쪽 문이 다 떨어져 나간 노란색 구소련제 헬리콥터를 타고 히말라야 정상을 한 바퀴 돌아 카트만두로 돌아왔다.

난 이 경험을 훈장처럼 간직하고 있다가 기회가 되면 꺼내 자랑한다. 맞장구를 쳐주면 전설적인 산악인 고 박영석 대장의 카트만두 집에서 삼계탕 얻어먹은 이야기도 덧붙인다. 그는 아직 히말라야 어딘가에 누워있다. 산을 오르는 것은 힘든 일이다. 그러나 정상에 올라 본 사람들은 왜 오르는지 이유를 알기에 힘든 여정을 반복한다. 한 걸음 한 걸음 올라가면 결국은 가닿을 수 있다는 것, 다 이루어도 다시 내려와야 한다는 것. 그래서 난 산을 오르는 사람들의 깊이를 믿는다. 장보

영 작가의 《아무튼, 산》에 있는 이 말을 특히 아낀다.

무엇보다 산은 해보지 않으면 아무것도 알 수
없다는 것을 가르쳐주었다.

나에게 산은 무엇보다 고향이다. 한없이 업혔던 땀 냄새
밴 할머니의 등이고, 앞니가 쏟아질 듯 터트리는 소박하고 순
박한 할아버지의 웃음이다. 그래서 난 자꾸 산에 끌린다. 마
치 로봇청소기가 충전 스테이션으로 끌려 돌아오듯이. 거대
한 품으로 들어가 앉아 있으면 넉넉한 포옹으로 채워주는 산
과의 만남은 온전한 쉼이다. 오늘도 산에서 만땅 충전하고 써
야 할 분량을 채웠다. 야호!!

정윤의 글

믿거나 말거나
5월 4일 토요일

"명상한다는 사람이 왜 그래?"라는 말을 가족들에게서 종종 들었다. 주로 대화에서 그들이 밀릴 때 쓰는 공격법이고, 나는 속수무책으로 당했던 기억이 있다. 반칙이다. 좀 큰 소리를 내거나 요구를 들어주지 않으면 여지없이 돌멩이를 던졌다. 한심하다는 표정으로. 나 원 참!

나에게 명상은 독박육아와 직장 생활로 지쳐 쓰러지기 직전, 구세주처럼 찾아왔다. 탈출구가 필요했고, 교원 직무연수로 배달된 '명상, 쉼', 이런 제목이었던 것 같은 내부 메일이 문을 열어 주었고, 여름방학을 맞아 앞뒤 가리지 않고 그 문으로 피신해 들어갔다. '쉼'이란 단어만 보고도 눈물이 났다. 마음의 쉼이 절실했던 거다. 정해진 일정대로, 밑바닥에 꾹 꾹 쌓아 놓기만 했던 마음을 돌아보고, 하나씩 꺼내 버렸다. 숨이 쉬어졌다. 그렇게 쉼이 찾아왔다. 마음에 끼어있던 검은 구름이 걷히고 속에서 환한 빛이 드러났다. 박노해 시인이 《걷는 독서》에서 노래한 것처럼 '푸른 바람이 드나들'기 시작했다.

　　나로 가득 차 숨 쉴 수조차 없는 마음에
　　푸른 바람이 드나들도록,
　　비우지 않는 종은 울릴 수 없으니.

　그렇게 만난 마음빼기 명상 여행은 그 후 삶이라는 막막한 바다에서 등대가 되어 주었고, 한 줄기 빛을 따라가는 여정은 삶이 끝날 때까지 계속될 거라 믿는다.

　사실 가족들의 질책이 반칙이라고만 할 수는 없다. 명상에 부작용이 좀 있었다. 원래 난 다루기 쉬운 사람이었다. 누가 뭐라고 하면 그 자리에서 반박 해내는 재주가 없었기 때문이다. 한참 지나고 나서야 '그때 그 말을 해야 했는데'라며 속앓이를 했다. 그래서 잘 참고, 잘 받아주는 사람으로 보였다. 인내심의 끝판왕이라 스스로 자책했다.

어려서 친구와 싸워 본 기억이 없다. 착해서 그렇다고 하지만 아니다. 싸울 줄 몰라서 그랬다. 마음에서는 늘 시끄러운 전쟁이 일어났다. 억울한 일을 당해 반박해야 할 상황이면 눈물이 먼저 나왔고 긴장해서 위장이 뒤틀렸다. 그러던 내가 어느 날부터 눈물 대신 말이 터지기 시작했다. '이건 아니라고, 그러면 안 된다고, No!'라고 말했다. 그러니 그들 입장에서는 명상하더니 사람이 이상해졌다고 할만하다. 결국 쌓여있던 마음을 버리면서 스스로 묶어둔 '나'라는 굴레에서 해방되었다.

한동안 아침에 일어나면 늘 하던 일이 있었다. 화장실에서 거울을 보고 인상을 펴는 연습이었다. 웃는 것이 그렇게 힘들었다. 어쩌다 거울을 보면 아우슈비츠로 잡혀가던 유대인의 표정이 이럴까 싶게 구겨져 있었다. 삶의 끝자락에 와 있을 법한, 세상의 고민을 다 짊어지고 있는 듯한 표정이었다. 입꼬리를 올리고 눈을 크게 뜨고 억지로 웃는 연습을 한참 했다.

몇 장 남아 있지 않은 어릴 적 흑백사진 중, 초등학교 1학년 때 강변으로 소풍 가서 찍은 것이 하나 있다. 빛바랜 사진 속에서 유일하게 활짝 웃고 있는 아이가 나다. 언젠가부터 그 아이가 내 속에서 똑같이 웃기 시작했다. 웃음은 마음의 표현이라 억지로 웃으려면 에너지가 많이 든다. 저절로 나오는 웃음은 마음이 행복으로 넘칠 때 가능하고, 행복은 내 안에 원래 있던 행복이 드러났을 때 찾아왔다. 그것을 확인하는 과정이 명상이었다.

어느 날 아침, 거울을 들여다보는데 〈로마의 휴일〉에 나오는 오드리 헵번이 웃으며 쳐다보고 있었다. 깜짝 놀라 뒤를 돌아보고, 거울 뒤도 들여다보았다. 그 이후 '오드리'를 내 필명으로 사용하고 있다. 믿거나 말거나!

정윤의 글

나의 소멸을 꿈꾸며
5월 5일 일요일

하루 종일 비가 온다. 어린이들에겐 미안하지만 들어앉아 글쓰기에는 더없이 좋은 날씨다. 이번 연휴에는 단단히 궁둥이를 붙이고 앉아 초고를 마무리해야 한다. 글쓰기와 책 쓰기는 아무래도 다른 것 같다. 겨우 A4 한 페이지짜리 글만 쓰다가, 하나의 주제로 긴 분량을 몇 시간씩 앉아 쓰려니 머리에서 쥐가 난다. 정신력 위에 체력이 있음을 확실히 깨닫게 되었다. 책은 아무나 쓰는 게 아니었다.

글쓰기는 엄청난 체력을 요하는 정신활동이며 노동이다. 작가의 평균 수명이 가장 짧은 축에 든다는 것도 힘듦을 반증하고 있다. 그래서 무라카미 하루키의 마라톤이 회자되고 있나 보다. 그런데 난 왜 몸도 약하면서 이렇게 깡으로 글을 쓰려고 하는 걸까. 며칠 전, 운동장에서 땀을 뻘뻘 흘리며 혼자 축구공을 차고 있는 남학생한테 물어보았다. "힘들지 않니?", "힘들어요.", "근대, 왜 그러고 있어?", "재밌잖아요." 음, 바로 수긍했다. 나도 그런 것 같다.

글쓰기에 대한 환상이 하나 있었다. 중학교 1학년 때의 경험인데, 그날은 백일장 중이었다. 가을 햇살 아래 할머니 댁 지붕에 몰랑몰랑 말라가던 곶감에 얽힌 한바탕 소동을 다룬 이야기를 쓰고 있었다. 글을 쓰면서 내가 그대로 고향 집 마당으로 순간이동을 했다. 글쓰기를 마치고 고개를 들었을 때 교실에 웅성거리는 아이들의 음성이 그제야 들렸고, 영혼이 다시 몸으로 돌아온 듯한 신비로운 경험을 했다. 나중에 국어 시간에 삼매경이란 단어를 배웠는데 무슨 뜻인지 바로 알아들었다.

그날 쓴 글이 상과 칭찬을 동시에 받으면서 문제가 생겼다. 글을 쓰려면 삼매경 정도의 몰입은 기본이라고 자신을 묶어 버렸던 거다. 그러나 그런 일은 더 이상 일어나지 않았다. 강력한 경험을 계속 잡고 있으면 앞으로 나아가는데 방해가 된다. 글 쓰고 싶은 열망이 속에서 부글거려도 자기검열에 걸려 오랫동안 시작도 못 하고 있었으니 말이다. 삼매경을 잡고 있던 단발머리 소녀에게서 벗어나서야 글이 써지기 시작했다. 스스로 만들어 놓은 틀이 가장 무서운 적이다.

글쓰기를 꾸준히 해온 지 4년째로 접어든다. 내 블로그에는 500개가 넘는 짧은 글들이 올라가 있다. 모래에 물이 스며들 듯 글에 빨려들었다. 목마름이었다. 얼마나 쓸 말이 많은지, 하루도 빠짐없이 쓰고 목을 축였다. 마치 포카리스웨트가 온몸으로 퍼지듯 그렇게 목마름이 해소되었다. '재주 없는 꾸준함이 의외로 강력하다'라고 한 이슬아 작가의 말이 큰 힘이 되었다. 글재주는 삐걱거리지만, 꾸준함은 의지와 노력으로 밀고 나갈 수 있다고 믿었다. (지금도 믿는다.)

참된 독서란 자기 강화의 독서가 아닌 자기 소
멸의 독서다.
책은 우리 내면에 얼어 있는 바다를 내려치는
도끼 같은 것이어야만 한다.

언젠가부터 화두처럼 쥐고 있는 문장이다. 앞 문장은 박노해 시인이, 뒷 문장은 작가 카프카가 한 말이다. 자기 소멸이란, 내가 이해하기는, 수십만 시간을 살아오면서 만들어 온 자신의 세계, 즉 스스로 만든 틀, 관념, 아집, 편견 등을 내려놓는 경지다. 내 독서와 글쓰기가 그 방향으로 나가길 꿈꾼다. 퍼내고 퍼내다 보면 만들어진 자기는 사라지고 투명한 자아를 통하여 글이 스스로 모습을 드러낼지도 모른다. 나탈리 골드버그는 《뼛속까지 내려가서 써라》에 다음과 같이 말하고 있다.

> 우리가 글을 쓰는 것이 아니라 모든 것이 우리를 통해서 글로 써지고 있다는 사실을 알게 된다.
> 우리가 글을 쓰는 이유는 세상을 사랑하기 때문이다. 이것이 우리 마음속에 있는 가장 깊은 비밀이다.

아직은 너무 거창하여 손에 잡히지 않지만, 주변의 작고 소중한 것에서 특별함을 낚아 올리는 작업을 꾸준히 해 나가는 것이 내가 할 수 있는 최선이라 생각한다. 브런치에 글을 쓰기 시작했을 때 잘 쓰는 사람들이 얼마나 많은지 바짝 주눅이 들었다. 그래도 꾸준함을 방석처럼 깔고 앉아 꿋꿋이 쓰고 있다. 그리고 내가 글을 쓰고 싶은 이유가 '세상을 사랑하기 때문이'라니 어떻게 멈출 수 있겠는가. 10년은 퍼내듯이 써야 비로소 제대로 된 글이 나온다고 하니 앞으로 6년 뒤가 기대된다.

정윤의 글

2024년 6월 지금부터
5월 6일 월요일

연휴의 마지막 날이다. 이 글쓰기도 오늘은 마무리해야 한다. 그리고 앞으로 2주 동안 퇴고 과정을 거칠 거다. 책이 되어 나왔을 때는 지금과 다른 모습일 거다. 초고를 쏟아내면서도 잘라내고, 붙이고, 다시 쓰기를 반복했으니 말이다. 인생도 이렇게 퇴고할 수 있다면 어떨까. 그런 기회가 주어진다면 난 어느 부분을 수정해서 고치고 싶을까? 그러면 더 나을까?

어젯밤에 2022년 아카데미상을 휩쓸었던 양자경 주연의 〈Everything Everywhere All At Once〉를 다시 보았다. 여전히 기발하고 왁자지껄 재미있었다. 만약 평행우주가 진짜로 존재한다면, 우주 어딘가에 다른 삶을 선택한 또 다른 내가 살고 있을 것이다. 어떤 내가 존재하고 있을까? 상상만 해도 설렌다. 이 삶만이 유일한 것이 아니라니 궁금도 하고. 영화에서는 다른 우주에 존재하는 또 다른 자기로부터 능력을 전달받아 사용한다. 나는 어떤 능력을 빌려오고 싶을까? 당연, 글쓰기겠지. 그럼, 어떤 능력을 빌려줄 수 있을까? 글쎄, 인내심?

영국 작가 미트 헤이그가 쓴 《미드나잇 라이브러리》도 비슷한 내용이다. 꿈에 그리던 성공한 삶을 살아볼 기회가 주어지지만, 주인공은 결국 현재의 삶을 선택한다. 지난날을 돌아보면 후회되는 일도 많다. 그때 그 선택을 하지 않았더라면 인생이 어떻게 바뀌었을까, 가슴 부푼 상상도 해 봤다. 그러나 책을 덮으며 기대를 접었다. 결론적으로 도달한 지금의 삶에 감사한다. 힘든 일도 많았지만 괜찮다. 어떤 삶도 굴곡 없는 삶은 없고, 다른 삶을 살았어도 고난은 반드시 있었을 것이니까. 주어진 삶, 아니 내가 선택했던 삶, 어쩌면 선택하도록 이미 정해져 있었던 삶을 잘 살아내었으니 되었다.

영화를 다시 보면서 새롭게 들리는 대사가 있었다. Nothing matters! '다 부질없다'로 번역되는데, 영화 속 딸은 그래서 삶을 놓으려 하고, 주인공 엄마는 같은 이유로 지금껏 자신이 잡고 있던 거절과 실망과 집착을 내려놓고, 수용과 환대를 통해 여유롭고 편안한 웃음을 되찾는다. 사람의 마음 하나 바꾸는 것은 우주가 뒤집히는 정도로 어려운 일이다. '부질없음'이 보이기 시작하면 비로소 부질 있는 것들이 드러나게 된다. 그게 순서인가 보다. '부질 있음'을 미리 알아챌 수 있다면 삶의 질이 완전히 달라질 테지만 그건 결코 쉬운 일이 아니다. 진짜 소중한 것은 대가를 지불해야 얻을 수 있기 때문이다.

학생들에게 가끔 이런 말을 한다. "뭐든지 해봐. 하고 싶은 거 다 해봐. 두려워하지 말고. 앞뒤 재지 말고. 젊은데 뭘 못하겠니. 하다가 안 되면 또 다른 거 해보면 되지." 그 말을 할 때 말에 힘이 들어가고 절절해진다. 아이들에게 하고 있지만 어쩌면 나한테 하고 싶었던 말인지도 모른다.

2024년 6월 지금부터, 그러나, 난 살던 대로 계속 나를 써나갈 것이다. 글쓰기와 명상과 등산을 꾸준히 하면서. 인생은 계획한 대로 되지 않고, 되지 않았다고 실패한 것도 아니고, 가보면 또 다른 길이 있고, 그 길을 묵묵히 걸어가면 된다는 걸 알았으니. 그리고 꾸준히 한다는 건 숨 쉬듯이 놓지 않고 하는 것이고. 글 벗들과 함께한 이 책 쓰기가 살다가 해보고 싶은 것을 '두려워하지 않고 시도해 본' 첫 시작이 될 것 같다. 하길 잘했다.

공동저서 프로젝트 과정을 통해 몇 편의 글을 쓰면서도 처음 생각한 대로 되지 않아 바꾸고, 고치고, 수습하기를 반복했다. 바꿔도 괜찮다. 아니 바꿔야 한다. 사는 것도 그런 것 같다. 오늘만 산다는 마음으로 주어진 하루를 살다가, 안되면 내일 또 수습해서 살면 되니까.

그럼에도, 조심스럽게 계획을 하나 세워보자면 내가 좀 더 다정하고 친절한 사람이 되었으면 한다. 쉽지 않겠지만, 이건 나의 선택과 노력으로 될 수도 있으니. 그렇게 된다면 앞으로 '많은 기쁨'이 있지 않을까 기대해 본다. 김종삼 시인이 '어부'에서 노래했듯이.

살아온 기적이 살아갈 기적이 된다고
사노라면 많은 기쁨이 있다고

포틀럭 파티에 '배추 물김치 샐러드'(그냥 갖다 붙인 이름)를 만들어 가곤 했다. 알록달록하여 눈이 즐겁고 하나씩 건져 먹으면 새콤달콤하면서 짭짤하여 입이 개운하다. 언젠가 나의 글이 잘 익어서, 물김치의 깊은 맛이 났으면 좋겠다. 이제 다른 벗들이 들고 올 글을 맛보고 싶다. 우리만의 파티라도 좋다. 안 좋을 이유가 뭐가 있겠는가.

정윤의 글

에필로그

"뇌는 운동을 위해 존재한다. 뇌 운동의 핵심은 언어다."
고미숙 작가님의 글입니다. 말이든 글이든 언어를 통한 뇌 운동이 중년을 넘어서는 저의 가장 큰 관심사가 되었습니다. 삐걱대며 한발씩 나아가는 모습을 타인에게 드러내는 것이 얼마나 민망할지는 각오한 일입니다. 덕분에 저는 더 건강해졌고 계속 건강해져 보리라 마음먹었습니다. 혼자였다면 한 발도 떼지 못했을 겁니다. 감사합니다. 글동무들, 변은혜 대표님

_강진숙

매년 책을 내고 싶었습니다. 작년에 첫 책을 낸 후 제게 두 번째 기회가 주어졌습니다. 글을 쓰고 퇴고의 시간을 가지면서 저의 글은 명료해졌습니다. 소소한 기록들이 모아져 한편의 글로 탄생되면서, 나의 작가관도 확장되는 것 같습니다. 시도함으로 겪는 이러한 경험은 좀더 좋은 작가로 살고 싶게 합니다. 늘 저를 지지해주는 가족들과 이 프로젝트를 진행해주신 변은혜 대표님께 감사의 말씀을 전합니다.

_박종숙

새벽 몰입 독서와 단단 글방을 통한 인연이 공동 저자 글 쓰기까지 오게 했습니다. 충동적인 선택이었지만, 가을부터 시작할 새로운 도전을 하기 전에 지난 삶을 돌아보고 싶었습니다. 공저 제목 "나를 읽고 나를 쓰다"를 듣는 순간 내 안의 콤플렉스가 떠올랐고, 마음속 열등감을 글로 바라보니 정리가 되고, 가벼워지고, 치유되는 시간이었어요. _백란희

글을 쓰고 싶은 것과 글을 쓰는 것은 엄연히 다릅니다. 글을 쓰고 싶어 하는 사람으로 남지 않기 위해 용기 내어 첫발을 떼었습니다. 제 미진한 글이 모여 책으로 출간되는 경험을 하며, 망설였지만 도전하길 잘했다고 생각합니다. 제 인생 2막은 읽고 쓰고 여행하는 우아하고 여유로운 삶이 되길 기대합니다. _송혜정

상실이 가르쳐 준 것이 많아요. 그 중 하나가 기록입니다. 기록은 휘발되는 기억을 붙잡아 두어요. 2024년, 나를 읽고 나를 써보니 여전히 '그녀'와 함께입니다. 겹쳐 흐르고 있어요. 이를 계기로 계속 기록하는 자, 기억하는 자가 되려고 합니다. 1주기를 추모하며 건네는 편지이자 기도이자 노래이자 사랑인 이 문장들이 그녀에게 오롯이 가 닿기를 바라요. _신미경

새로운 시작을 위해 도전한 글쓰기! 그것은 나를 발견하고 돌아보는 시간이었습니다. 글을 쓰다 보니 무언가를 시작하는데 용기가 생기고, 희망이 보입니다. 만약 혼자였다면 할 수 없었을 겁니다. 함께였기에 꿈을 향해 한걸음 더 내딛을 수 있었습니다. 기록을 들춰 보며 기억을 떠올려 보니 스쳐 지나간 많은 인연 앞에 감사할 따름입니다. 그분들이 없었다면 지금의 나는 존재할 수 없을 겁니다. 남편의 응원이 담긴 특별한 생일 선물, 공동저서 프로젝트!

_장현순

간절히 염원하면 이루어지는 경험을 한 적이 있습니다. 심장에서 폭죽이 터졌지요. 동시에 성취에 대한 대가가 만만찮음을 배웠답니다. 더 이상 섣불리 염원하지 않았습니다. 어느 날 나도 모르게 또 하나의 소원이 이루어졌네요. 작가를 꿈꾸던 소녀가 숨어서 조용히 염원하고 있었나 봐요. 이루지 못한 첫사랑처럼 책 쓸 기회가 옆에 와 손을 내밀었어요. 모른 척 꼭 잡았습니다. 아직 한 개의 소원이 남았을까요. 세계평화를 기원해야 하나.

_정윤